AF307605

Schon in Kindertagen erkannte **Anne Lay** ihre Begeisterung für das geschriebene Wort. Waren es zunächst ihre Lieblingsbücher, deren Handlung sie weiterspann, kamen mit der Zeit immer mehr eigene Ideen ins Spiel. Ab 2006 begann sie, diese Geschichten aufzuschreiben. Aus einer Traumsequenz entstand nach und nach ein historischer Liebesroman. Doch bis heute schlummert dieser Erstling in der virtuellen Schublade. Durch die Rezensionen, die ihre Werke erhielten, und Rezensionen, die sie zu gelesenen Büchern verfasste, schärfte sich ihr Blick für Erzählperspektiven, Formulierungen und Sprache. Es entstanden Kurzgeschichten für verschiedene Wettbewerbe, die zum Teil als E-Book erschienen sind, und 2015 ihr erster Roman *Verdächtig vertraut*, eine Mischung aus Münster-Krimi und Chick-Lit.

Anne Lay ist verheiratet und Mutter zweier Söhne.

ANNE LAY

DATE THE MILLIONAIRE

SPIEL UM DIE LIEBE

Überarbeitete Neuausgabe Dezember 2020

© 2020 dp DIGITAL PUBLISHERS GmbH

Made in Stuttgart with ♥
Alle Rechte vorbehalten

Date the Millionaire

ISBN 978-3-96817-385-6
E-Book-ISBN 978-3-96087-287-3

Covergestaltung: Vivien Summer
Umschlaggestaltung: ARTC.ore Design
Unter Verwendung von Abbildungen von
© shutterstock.com: © fractal-an, © Virrage Images,
© G-Stock Studio, © seksan wangkeeree
Lektorat: Daniela Höhne
Satz: dp DIGITAL PUBLISHERS GmbH
Druck und Bindung: Books on Demand GmbH, Norderstedt

Eine verrückte Idee

Aufbewahren oder Altpapier? Unschlüssig wog Sonja den schweren Aktenordner mit den gesammelten Bewerbungen in der Hand und seufzte. Wenn sie nur schon eine neue Wohnung hätte. Der nächste Erste rückte bedrohlich näher.

Entschlossen warf sie den Ordner in die Altpapierkiste. Es waren ohnehin nur Absagen. Anhand der Anschreiben auf ihrem Laptop wusste sie, welche Hotels sie bereits angeschrieben hatte, und würde so nicht den Fehler begehen, eine Doppelbewerbung hinauszuschicken.

Gerade gestern hatte sie eine weitere Bewerbung per Mail verschickt. Ob es darauf schon eine Antwort gab?

Sie überließ die Umzugskisten sich selbst und setzte sich mit dem Laptop auf den Boden. Tatsächlich gab es einige neue Nachrichten: Werbung, eine weitere Absage, noch mehr Werbung. Enttäuscht presste sie die Lippen zusammen.

Sonja archivierte die Absage, ehe sie Mail für Mail löschte. Bei einer stockte sie kurz. Ein Online-Casino bot für die Erstanmeldung einen Bonus, um gleich losspielen zu können. Gerade wollte sie den Löschen-Button anklicken, als ihr Blick an einigen Worten hängenblieb: *Blackjack-Turnier. Live. In Frankfurt.* Sonja klickte auf den Link. Den Finalteilnehmern winkte ein Wochenende im Luxushotel, dem Gewinner schließlich fünfzigtausend Euro. Das klang verlockend.

Um teilzunehmen, musste es ihr lediglich gelingen, online den Bonus zu verdoppeln.

Sie las sich die Bedingungen durch und tatsächlich: Es wurde kein eigenes Geld, das sie ohnehin nicht besaß, als Einsatz gefordert, um die Fünfzigtausend zu gewinnen.

Aber.

Sollte sie sich wirklich noch einmal auf Glücksspiel einlassen? Damit hatten schließlich all ihre Probleme angefangen.

***

»Salut, Lubaid!« Hassan stellte eine Papiertasche, aus der es süß duftete, auf den Tisch und begrüßte seinen Freund mit einer kurzen Umarmung.

Dieser schnupperte. »Mandeln, Honig, Zimt. – Du hast doch nicht wieder Mhancha mitgebracht? Willst du mich mästen?«

Hassan schmunzelte: »Ich weiß doch, was du gern magst. Außerdem habe ich extra nur einen für jeden gekauft.«

»Einer ist keiner.« Lubaid grinste und orderte bei seiner Assistentin Kaffee, den diese nach kurzer Zeit zusammen mit zwei Tellern und Servietten hereinbrachte. Schon bald mischt sich der Duft frischen Kaffees mit dem Mandelaroma.

Die Männer ließen sich einander gegenüber in den bequemen Sesseln nieder, die in der kleinen Sitzecke von Lubaids Büro standen, ehe Hassan in sein Mhancha biss, wobei er achtgab, dass weder Mandelsplitter noch Teigkrümel auf seinen dunklen Anzug fielen.

»Hm«, murmelte er und schloss für einen Augenblick genießerisch die Augen, während er sich die letzten Reste der honiggetränkten Mandelsplitter von den Fingern leckte. Auch Lubaid schwelgte in der kleinen Köstlichkeit und schien sich kaum davon losreißen zu können.

»Ich glaube, in einem solchen Moment könnte ich alles von dir verlangen, oder?« Hassan, der schneller gegessen hatte als Lubaid, hatte den Freund beobachtet.

Lubaid schluckte. »Keine Chance. Ich kann genießen und anschließend knallhart feilschen, wie du weißt.«

Das weiß ich allerdings und ich könnte mir keinen Besseren als Hotelmanager hier in Aachen vorstellen, dachte er, während er sich in dem kleinen Badezimmer, das an Lubaids Büro angrenzte, die klebrigen Finger wusch.

Hinter ihm erklang Lubaids Stimme. »Meine Schwester kommt mich übrigens am Wochenende besuchen, sollen wir gemeinsam etwas unternehmen?«

»Ich werde nicht in Aachen sein, désolé.«

»Ach, nein?«

»Heute Nachmittag habe ich noch einen Termin wegen der Übernahme in Düsseldorf und dann fahre ich nach Frankfurt. Wie lange bleibt Fatima denn?«

»Bis Sonntagmittag, sie muss ja am Montag wieder arbeiten.«

»Dann werden wir uns wohl nicht sehen.« Hassan zuckte bedauernd mit den Schultern.

»Kannst du den Termin in Frankfurt nicht verschieben? Sie freut sich darauf, dich zu treffen.«

Hassan lachte. »Diesen Termin kann ich beim besten Willen nicht verschieben.

Ich habe mir freigenommen und mich bei einem Turnier angemeldet. Ich will einfach mal was anderes sehen, als die Arbeit.«

***

»Mach es.«

Zweifelnd sah Sonja ihre beste Freundin an. Die Idee war aberwitzig – ohne Risiko, damit hatte Marie zwar recht –, aber eben aberwitzig.

»Was hast du schon zu verlieren? Wenn du früh aus dem Wettbewerb ausscheidest, ist es ein vertaner Tag. Erreichst du die Finalrunde, hast du ein Wochenende im Luxushotel gewonnen und wenn du gewinnst, ist es vielleicht die Lösung für all deine Probleme.«

Die Lösung. Das wäre wirklich zu schön. Auf einen Schlag alle Schulden loszuwerden, war ein verlockender Gedanke.

Eine leise Stimme im Hinterkopf mahnte zur Besonnenheit. Es werden Blackjack-Spieler mit mehr Erfahrung mitmachen. Um überhaupt Erfolg zu haben, musst du abgebrüht sein, als ginge es um nichts.

Und eben nicht um die Existenz. Aber um die ging es ja ohnehin, ob sie nun dieser verrückten Idee folgte oder nicht.

Sonjas Blick schweifte zwischen den Umzugskartons umher. Der Gedanke hier herauszukommen, und sei es nur für einen Tag, war verlockend.

Sie seufzte. »Gut, dass ich meine Klamotten noch nicht eingepackt habe.

Es gilt doch sicher ein Dresscode, wenn die Veranstaltung in diesem Nobelschuppen steigt.«

Marie strahlte. »Wir machen die Online-Anmeldung fertig und dann suchen wir gemeinsam die Sachen aus.« Eifrig griff sie nach dem Laptop und rief die Seite des Veranstalters auf. Als das Anmeldeformular zu sehen war, reichte sie das Gerät an Sonja weiter.

»Meinst du wirklich?« Sonja kaute auf ihrer Unterlippe.

»Jetzt mach keinen Rückzieher!«

Mit einem Schnauben griff Sonja nach dem Computer und begann, die Maske auszufüllen. Erst als sie fertig war und die Eingaben noch einmal auf ihre Richtigkeit prüfte, sah sie, dass sie ihren Mädchennamen angegeben hatte. *Müller* stand dort, nicht *Reinhard*, der Name ihres verhassten Ex. Anfangs war sie froh gewesen, den Allerweltsnamen ihrer Mädchentage los zu sein. Wie lange war das her? Egal. Bald würde sie wieder so heißen. Einen letzten Termin vor Gericht würde es noch geben, dann war diese Ehe Geschichte. Trotzdem, heute hieß sie Reinhard und an der Namensangabe sollte es nicht scheitern. Sie korrigierte den Eintrag und kontrollierte akribisch die anderen Felder: 28 Jahre, Köln ... Bevor sie es sich noch einmal anders überlegen konnte, klickte sie auf Senden.

Postwendend kam die Bestätigungsmail mit dem Zugangscode zur Online-Vorrunde.

»Fünfzigtausend Euro«, Maries Stimme bekam einen schwärmerischen Klang.

»Die wollen erst einmal gewonnen werden. Nur der Beste erhält Geld. Alle anderen Finalteilnehmer werden mit dem Wochenende abgespeist.«

»Abgespeist. Also ehrlich. Es ist ein angesagtes Hotel mit Sternerestaurant und grandiosem Wellnessbereich, Massagen, Zimmerservice ...«, Marie schüttelte den Kopf.

»Langsam«, bremste Sonja die Freundin. »Vor dem Livespiel in Frankfurt muss ich die Vorrunde im Online-Casino überstehen.« Sie loggte sich mit dem Code aus der Mail ein.

»Wie spielt man Blackjack eigentlich?« Marie reckte den Hals, um mit Sonja gemeinsam auf den kleinen Bildschirm des Laptops schauen zu können.

»Weißt du noch, wie wir früher Siebzehnundvier gespielt haben? Blackjack funktioniert genauso. Du bekommst zwei Karten und kannst weitere einfordern, mit dem Ziel, möglichst nah an die Einundzwanzig zu kommen.« Sonja klang leicht abgelenkt, weil sie gleichzeitig versuchte, sich ein Bild zu machen, wie das Spiel online ablief.

»Stimmt, wer mehr als einundzwanzig Punkte hat, verliert. Aber wie gewinnt man dabei Geld?«

Mit einem Seufzen wandte sich Sonja vom Bildschirm ab und ihrer Freundin zu. »Bevor ich Karten bekomme, setze ich einen Geldbetrag und dann spiele ich gegen den Dealer, also den Kartengeber.«

Maries Augen weiteten sich erschrocken. »Dann kannst du dabei Geld verlieren?«

Sonja schmunzelte. »Im echten Casino ja. Hier spiele ich online im Rahmen dieser Werbeaktion mit virtuellem Geld, meinem Bonus für die Neuanmeldung. Wenn ich den Betrag verdopple, darf ich am Livespiel in Frankfurt teilnehmen, ohne Geld einzusetzen.«

»Puh, da bin ich aber erleichtert! Jetzt hatte ich doch einen Moment Angst, es ginge dabei um dein Geld.«

Sonja umarmte die Freundin herzlich. »Keine Bange.« Sie konzentrierte sich jetzt wieder auf den Bildschirm. »Na dann.« Mit ihrem Einsatz startete sie das Spiel, und erhielt Karten. Gleich beim ersten Mal hatte sie Glück und bekam ein Ass und eine Zehn.

»Das ist übrigens ein Blackjack. Der gibt mehr Geld, vorausgesetzt der Dealer hat weniger Punkte«, kommentierte sie.

Schweigend spielte sie die nächsten Runden und langsam aber stetig vergrößerte sich ihr Guthaben.

»Mist!«

»Was ist?« Marie schaute verständnislos auf den Bildschirm.

»Das war ein sogenannter Bust, ich habe mich überkauft und mehr als einundzwanzig Punkte. Der letzte Einsatz ist weg.«

Nun spielte Sonja vorsichtiger weiter, was zwar den Kontostand hielt, aber nicht vermehrte. *So kann das nicht weitergehen*, dachte sie und verdoppelte den Einsatz, als sie eine Zehn bekam. Sie hielt den Atem an, während sie auf die zweite Karte wartete. Wenn sie nun einen kleinen Zahlenwert erhielt, würde sie wahrscheinlich verlieren, da sie nur noch eine Karte bekommen konnte. Das war der Preis für die Verdopplung, die eben im Gewinnfall auch mehr einbrachte. Die zweite Karte war ein Bube. *Jetzt muss nur noch der Dealer unter Zwanzig bleiben*, hoffte sie. Tatsächlich hatte der Geber in dieser Runde nur neunzehn Punkte und sie strich den doppelten Gewinn ein. Nach einem tiefen Durchatmen ging es in die nächste Partie.

Wie viel Zeit verstrichen war, wusste Sonja nicht, als ein goldener Schriftzug auf dem Display aufblinkte.

»Du hast es geschafft!«, jubelte Marie. Sie hatte im Gegensatz zu Sonja gelesen, dass dort zur Verdopplung des Startkapitals gratuliert wurde. »Wow, war das spannend!«

Ein Ton meldete eine eingegangene Mail und ein Fenster öffnete sich, um anzuzeigen, dass die Eintrittskarte zum Turnier angekommen war.

Marie fiel ihr um den Hals. »Dann werden wir dich mal herausputzen. Komm!«

Sonja folgte ihrer Freundin langsam in ihr Schlafzimmer. Marie schob bereits die Bügel auf dem Kleiderständer hin und her. Einen Schrank gab es nicht mehr.

»Das brauchst du unbedingt für das Dinner am Samstagabend.« Sie hielt ein rotes Cocktailkleid in der Hand. Ausgerechnet. In dem Kleid hatte Sonja damals geheiratet. Ihr erster Impuls war, das Ding zu nehmen und es in den Müll zu werfen, aber dann hätte sie nichts, um gegebenenfalls am Dinner teilzunehmen. Ein neues Kleid war auf keinen Fall drin.

»Hier sind auch die passenden Schuhe, Handtasche. Was ist mit einer Strumpfhose?«

Die Frage war berechtigt, schließlich trug Sonja fast nie Kleider oder Röcke. Für den besonderen Anlass damals hatten es halterlose Strümpfe sein müssen. Auch die lagen noch in einer unscheinbaren Schachtel; trotz aller Erinnerungen waren sie so teuer gewesen, dass Sonja sie nicht hatte entsorgen mögen.

»Wow. Habe ich dich jemals in diesen Sachen gesehen?«

Ein Kopfschütteln. Sonja war gerade nicht nach Reden, was Marie bemerkte und mit einer kurzen Umarmung quittierte, bevor sie sich wieder der Kleiderstange zuwandte.

Schließlich lagen zwei Hosenanzüge mit passenden Blusen, Ballerinas und eben jenes Cocktailkleid mit den zugehörigen Accessoires auf dem Bett.

»So müsste es gehen.«

»Ein Schlafanzug fehlt noch.«

Marie lachte. »Dann traust du dir also doch zu, ins Finale zu kommen?«

Ein Schulterzucken.

»Na komm, ich lade dich heute zum Essen ein und morgen früh bringe ich dich zum Bahnhof.«

Dann komme ich nicht zum Grübeln und fahre auch sicher dorthin. Sonja verstand die unausgesprochenen Hintergedanken der Freundin und war froh darüber.

Beim Essen in der kleinen Pizzeria an der Ecke kam die angekündigte Mail des Veranstalters. Der Ablauf war angehängt, aber den würde Sonja sich während der Zugfahrt morgen anschauen.

Wie vereinbart, klingelte am nächsten Morgen Marie mit einer Brötchentüte und zwei Kaffeebechern an der Tür, und ließ ihren Blick über Sonja gleiten. Mit einem anerkennenden Nicken bestätigte sie Sonjas eigene Einschätzung.

Der Hosenanzug stand ihr ausgezeichnet. Die langen Beine wurden durch das dunkle Blau betont und wirkten noch schlanker, als sie es ohnehin waren. Die Bluse war eng und umschmeichelte Sonjas Figur, gleiches galt für den kurzen Blazer.

»So kann ich dich auf die Menschheit loslassen«, verkündete Marie, nachdem sie ihre Freundin auf jede Wange geküsst hatte.

»Ich wäre ja gerne Mäuschen«, ergänzte sie, »wenn du in dem Aufzug schon so viel hermachst, würde ich dich gern in dem Kleid sehen. Den Männern an deinem Spieltisch wird es schwerfallen, sich auf ihr Blatt zu konzentrieren.«

»Auch Frauen spielen«, wandte Sonja ein und wies auf sich, »und wenn Profis dabei sind, wird sie nichts aus der Fassung bringen können.«

»Trotzdem kann es nicht schaden, wenn du noch einen Knopf deiner Bluse öffnest.« Unbefangen nestelte sie an dem besagten Knopf und grinste anerkennend. »Schicker BH.«

»Lass das. Erst einmal muss ich den Zug erreichen. Ich möchte auch keine Missverständnisse hervorrufen, weder unterwegs noch beim Empfang.«

»Ich möchte ja auch nicht, dass dich die Sitte wegen unerlaubter Prostitution im Nobelhotel gleich einkassiert.«

Sonja verdrehte die Augen.

»Aber du solltest die Möglichkeit im Hinterkopf haben. Wenn es heiß wird, kannst du beiläufig den Knopf öffnen und deine Gegner mit deinen Mädels da ablenken.« Marie deutete auf den offenen Ausschnitt, den Sonja gerade wieder zuknöpfte.

Schwatzend ging sie hinunter zu Maries Auto, den kleinen Koffer in der Hand, und Sonja war froh über die Ablenkung, die ihre Freundin ihr bot. So brauchte sie nicht über das bevorstehende Wochenende nachzudenken.

Frankfurt

Das Gedankenkarussell startete fast zeitgleich mit dem Zug. Nach dem letzten Blick auf Marie, die euphorisch und mit Daumen nach oben winkte, lehnte sich Sonja in das Polster zurück. Auf dem Smartphone las sie nun in Ruhe die Anhänge der zweiten Bestätigungsmail.

Neben dem zeitlichen Ablauf waren noch einmal die Regeln aufgeführt, nach denen Blackjack gespielt werden würde. Sonja entdeckte nichts Neues.

Etwas entspannter hob sie den Kopf und blickte aus dem Fenster. Es war eine Weile her, seit sie mit ihrem Ex gemeinsam Stammgast im Casino gewesen war. Während er den Roulettetisch oder das Würfeln vorzog, hatte es sie immer wieder zu den Karten gezogen. Und im Gegensatz zu ihrem Ex-Mann hatte sie stets mit einem klaren Limit gespielt. Sobald der Einsatz weg war, hatte sie aufgehört. Einige Male hatte sie auch im Casino ihr Geld vermehrt und sich gefreut, aber alles in allem war es eine Nullnummer gewesen – bei ihr. Sie hatte zwar bemerkt, dass Nick deutlich risikofreudiger, aber nicht, wie weit er tatsächlich gegangen war. Nach außen hatte er sich immer als smarter Geschäftsmann gezeigt, der alles im Griff hatte und doch hatte er sich übernommen, weit mehr verspielt, als er besaß.

Entschlossen verstaute sie das Smartphone in der Handtasche und ließ den Blick über die Mitreisenden im Abteil wandern. Gegenüber saß ein Herr im Anzug, der sie interessiert beobachtete.

Als sie nun zurückblickte, nickte er ihr lächelnd zu und schaute dann aus dem Fenster.

Auch Sonja blickte auf die vorbeifliegende Landschaft und ließ ihre Gedanken treiben.

Als sie Nick kennengelernt hatte, hatte er sie sofort beeindruckt. Er war so weltmännisch, so versiert aufgetreten. Das Gegenteil von ihr, die sich immer schnell begeistern ließ, und damals eher flippig gewesen war. Seine Ruhe hatte ihr gutgetan. Sie hatte an die große Liebe geglaubt.

Die große Liebe für drei Jahre.

War sie blöd gewesen! Heirat, den Job gekündigt, um sich ganz um ihren Traummann kümmern zu können, der Wunsch nach einem gemeinsamen Baby, das nicht kommen wollte. Rückblickend war sie erleichtert und froh, nicht auch noch ein Kind versorgen zu müssen. Solange sie in der Eigentumswohnung lebte, reichte der Minijob für die laufenden Kosten, aber jetzt? Die Wohnung war zwangsversteigert und musste geräumt werden. Eine neue Bleibe hatte sie noch nicht finden können, bezahlbarer Wohnraum war knapp in Köln. Einen neuen Job brauchte sie auch, einen, der ihr half, die drückenden Schulden abzubauen.

Mit einem Schnauben schob sie die Sorgen um Wohnung und Geld beiseite und lächelte ihrem Gegenüber entschuldigend zu, der sie wegen des Geräusches irritiert musterte. Etwas verlegen gab sie vor, die Mitreisenden im Gang zu beobachteten, und richtete ihre Gedanken auf das Blackjack-Turnier. Sie war ihrer Freundin dankbar, sie mit dieser verrückten Idee aus Köln herausgeführt zu haben.

Für die nächsten Stunden – oder Tage? – war sie nicht die gescheiterte Ehefrau, sondern … ja was eigentlich? Sonja richtete sich auf. Sie würde als selbstbewusste Zockerin auftreten, ihr Pokerface einsetzen, an dem sie lange gearbeitet hatte, weil Nick immer meinte, sie sei so leicht zu durchschauen.

Vom Hauptbahnhof Frankfurt ging es mit der Straßenbahn weiter, drei Stationen später stieg sie an der Haltestelle Festhalle, Messe aus. Auf dem Vorplatz ließ sie das historische Gebäude auf sich wirken und schaute zur Kuppel hoch.

Sie haben ihr Ziel erreicht, hallte es durch ihren Kopf. Mit einem Grinsen durchschritt Sonja den Eingang und gab zunächst ihr Gepäck an der Garderobe ab. Erst danach machte sie sich zur Anmeldung auf. Mit ihrem Teilnehmerausweis verschaffte sie sich einen Überblick, wo ihr erstes Spiel stattfinden würde.

Weil bis zum großen Start noch Zeit war, stieg sie die Treppen zum ersten Rang hinauf, um sich die Festhalle anzuschauen. Die eiserne Dachkonstruktion aus dem letzten Jahrhundert war beeindruckend, und sie ließ den riesigen Raum auf sich wirken. Tageslicht drang durch die Kuppel und leises Gemurmel, sowie das Geraschel unzähliger Füße umfingen sie während ihrer Besichtigung. Sie war überrascht, wie viele Menschen hier waren. Der Blick nach unten offenbarte zahllose Spieltische, die darauf warteten, besetzt zu werden. Da die erste Runde in mehreren Schichten gespielt werden würde, mussten es weit über tausend Spieler sein.

Beeindruckt, aber fest entschlossen, sich nicht entmutigen zu lassen, machte sie sich wieder auf den Weg hinunter ins Foyer. Hier nahm die Geräuschkulisse nochmals zu.

Das Erdgeschoss der Festhalle, in dem die Spieltische aufgebaut waren, war noch gesperrt und so warteten die meisten Spieler, weitere kamen oder drängten sich zu den Treppenaufgängen durch, um die erste Runde aus dem Rang zu verfolgen. Sonja bot sich ein buntes Bild. Erwachsene aller Altersklassen und in den unterschiedlichsten Outfits waren zusammengekommen. Direkt neben ihr standen einige jugendlich wirkende Männer beisammen und überspielten ihre Nervosität mit flapsigen Sprüchen. Sie trugen Jogginghosen und weite T-Shirts. Sonja konnte nicht verstehen, was sie sprachen, aber das Gelächter war deutlich zu hören. Es gab vereinzelt Teilnehmer, die gemäß der Kleiderordnung für Casinos gekleidet waren. Strenggenommen war Sonja dies selbst nicht, aber die Vorstellung, vormittags in einem Kleid in dieser Menschenmasse zu stehen, erheiterte sie. Die wenigen Frauen, die sie von ihrem Standort ausmachen konnte, trugen gehobene Freizeitkleidung. Und ihr Hosenanzug hatte in den früher besuchten Casinos in Duisburg oder Aachen kein Aufsehen erregt.

Dann kam Bewegung in die Menge. Die Türen wurden geöffnet und die Spieler strömten in den Saal. Sonja wartete, bis das Gedränge nachließ, bevor sie sich auf den Weg machte. Sie musste fast auf die andere Seite und passierte auf ihrem Weg viele Spieltische, an denen die Teilnehmer von den Croupiers begrüßt wurden.

Schließlich nahm sie selbst Platz und musterte ihre Mitspieler für die erste Runde. Eine bunte Mischung setzte sich nach und nach an ihren Tisch. Vom Milchbart mit Jeans und T-Shirt, über zwei Männer in ihrem Alter, bis hin zu einem gepflegten Herrn im Anzug, der überheblich lächelnd ebenfalls die anderen beobachtete, während er sich durch den ergrauten Dreitagebart strich.

Kurz kreuzten sich ihre Blicke, dann trat der Croupier heran und bereitete sich mit den letzten Handgriffen auf die kommende erste Spielrunde vor. In diesem Moment knackte es in den Hallenlautsprechern.

»Meine Damen und Herren, ich begrüße Sie im Namen des Fremdenverkehrsverbandes, sowie der Casinogesellschaft und der Sponsoren zum ersten Blackjack-Turnier der Stadt Frankfurt. Mit der Anmeldebestätigung sind Ihnen die Spielregeln und Abläufe zugekommen. Wir starten mit einem zentralen Signal und Sie bekommen zunächst das einheitliche Startkapital ausgehändigt. In vorgegebener Weise werden Sie an drei Tischen zunächst Ihr Kapital einsetzen und so die Vorrunde bestreiten. Am Ende der drei Spielrunden gibt es Erfrischungen im Foyer, während im Hintergrund die Auswertung vonstattengeht, und so werden Sie frisch gestärkt in die Zwischenrunde starten können. Ich wünsche Ihnen einen angenehmen Nachmittag.«

Kaum, dass die Ansprache beendet war, fand Sonja einen sorgfältig geschichteten Stapel Jetons vor sich, wie sie ihn nun auch bei den anderen entdeckte.

Der Croupier an ihrem Tisch schob gerade dem Milchbart die Spielmarken zu, der sie gekonnt durch die Finger gleiten ließ.

»Wenn Sie bereit sind, werden wir nun starten.« Die letzten Worte gingen im Heulen einer Sirene unter, die den Beginn des Turniers markierte. Alle schoben ihre Einsätze in die Tischmitte und bekamen ihre Karten. Der Spieler rechts neben Sonja verlangte eine weitere. Sie selbst hatte einen König und eine Acht, und verzichtete daher, denn mit achtzehn Punkten war sie den angestrebten einundzwanzig sehr nahe. Nach und nach wurde weiter ausgeteilt und schließlich deckte der Dealer seine zweite Karte auf. Die Bank hatte einen Blackjack.

Sonjas erster Einsatz war also verloren. Milchbart und der ältere Herr hatten ebenfalls einen Blackjack und hielten ihre Einsätze.

Einige Spiele später hatte Sonja zumindest ihr ursprüngliches Guthaben wieder erreicht und kurze Zeit danach verkündete die Sirene das Ende der ersten Spielrunde. Sonja nahm ihre Jetons und nickte den anderen zum Abschied zu. Zwei Tische weiter würde sie ihre nächste Runde bestreiten.

Nach der anfänglichen Aufregung hatte sich in Sonja ein Gefühl von Routine ausgebreitet. Sicher, der letzte Casinobesuch lag lange zurück, aber sie hatte mit ihrem Ex regelmäßig gespielt. Auch wenn die Atmosphäre in der Stadthalle vollkommen anders war, als in einem Casino, so war es doch das gleiche Spiel. Was sie zunächst sehr abgelenkt hatte, war der hohe Geräuschpegel.

Zwar wurde nicht laut gesprochen, kommentiert oder gar applaudiert, aber die große Menschenmenge erzeugte einen ungewohnten Lärm. Ständig war Geraschel oder Husten zu hören und auch die leisen Gespräche zwischen Kartengeber und Spieler summierten sich bei so vielen Tischen. Hinzu kam das Gemurmel von den Zuschauern aus dem Rang von oben. Wie viel angenehmer war da die leise gepflegte Atmosphäre bei zwei bis fünf Blackjack-Tischen in einem Casino.

Die zweite Runde beendete sie dann auch mit einem deutlichen Plus, das sie in der dritten schließlich halten konnte. Am Ende gaben alle Spieler ihre Jetons dem Dealer, der die Gewinne in ihrem Beisein säuberlich notierte.

Im Foyer drängte sich die Mehrzahl der Teilnehmer um die Tische, an denen belegte Brötchen verkauft wurden.

Sonja ließ ihren Blick durch den Raum schweifen und entschied sich dann für einen Kaffee. Am Stand zu ihrer Rechten war die Schlange überschaubar und so stellte sie sich an. Sie bekam bald den bestellten extragroßen Latte Macchiato überreicht und drehte sich nach einem kurzen Dank schwungvoll um. Unmittelbar hinter ihr stand jemand im dunklen Anzug, gegen den sie nun mit ihrem Arm stieß. Der Kaffee spritzte hoch.

»Oh, punaise!«, der Fremde schreckte zurück, um dem Kaffeeschwall auszuweichen.

Auch Sonja wich zurück, während sie ihr Gegenüber entsetzt anstarrte. Das Platschen des Kaffees ließ sie den Blick senken.

Zwar hatte die heiße Flüssigkeit ihn nicht direkt getroffen, aber seine Schuhe bekamen gerade milchkaffeefarbene Tupfen.

»Oh Gott! Es tut mir leid, ich …« Was stammelte sie denn da? »Moment.« Sie drückte dem verdutzten Mann ihren Kaffeebecher in die Hand und nahm sich vom Tresen eine Handvoll Servietten. Einige legte sie in die Kaffeepfütze, bevor sie vorsichtig, um nicht selbst auszurutschen und in die Lache hineinzufallen, seine Schuhe säuberte. Dann schob sie die vollgesaugten Papiertücher zusammen und wischte noch einmal nach. Im Aufstehen musterte sie sowohl seine als auch ihre Hose und warf die nassen Servietten in den Müll.

»Es tut mir wirklich sehr leid«, wiederholte Sonja, »zumal ich augenscheinlich weniger abbekommen habe als Sie.«

»Da haben Sie wohl recht. Es hätte aber schlimmer kommen können.«

»Darf ich?«, sie deutete auf den Kaffeebecher in seiner Hand.

Sonja bekam ihren deutlich geleerten Becher von ihm zurück und streckte ihm ihre Hand entgegen: »Mein Name ist Sonja Reinhard, soll ich für die Reinigung aufkommen?«

Überrumpelt schüttelte er ihre Hand. »Es ist ja nichts weiter passiert und meine Schuhe sind schon wieder sauber.« Mit einem Auflachen zeigte er darauf. »Sind Sie immer so effizient?«

»Wie bitte?«

»Vom Zusammenstoß bis zur vollständigen Beseitigung des Malheurs waren es«, er schaute demonstrativ auf seine Uhr, »gerade mal zwei Minuten.«

Jetzt musste auch Sonja grinsen. »Vielleicht ist ja etwas dran, was ich mal gelesen habe: Damit ein Kaffee wirkt, sollte man ihn nicht trinken.«

»Sondern?«

»Im Original wurde empfohlen, ihn über seine Computertastatur zu gießen. Ein fremder Anzug samt Schuhen wirkt wohl ähnlich.«

Er schmunzelte. Sonja sah seine dunklen Augen leuchten. Erst jetzt nahm sie sich Zeit, ihn genauer zu betrachten. Dunkelbraun waren die Augen, umgeben von feinen Lachfältchen. Passend zu seinem dunklen Teint trug er sein schwarzes Haar leicht lockig, wenn auch sehr kurz.

»Hassan Djamali, angenehm. Darf ich Ihnen einen neuen Becher kaufen?«

Erst jetzt wurde ihr bewusst, dass sie noch immer seine Hand hielt. Etwas verlegen ließ sie ihn los und schüttelte ablehnend den Kopf.

»Nein, danke. Nachdem ich Sie angerempelt habe, sollte ich wohl eher Ihnen einen Kaffee anbieten.« Er winkte jedoch ab.

Sie lächelte ihm noch einmal entschuldigend zu und drehte sich um.

Während er seinen Kaffee bestellte, schlenderte Sonja zum Ausgang der Halle, um frische Luft zu schnappen. An der Tür kam ihr jedoch der Qualm der Raucher entgegen, die eng gedrängt zusammenstanden, um dem Rauchverbot zu entgehen. Also drehte sie ab, trank mit zwei Schlucken ihren Becher leer und beschloss, die Toiletten aufzusuchen.

In der Rückschau auf den Zusammenstoß schnaubte sie leise.

Sie hatte also immer noch eine Schwäche für braune Augen. Sein Blick hatte sie einen kurzen Moment ihre Umgebung vergessen lassen. Selbst jetzt noch musste sie schlucken, als sie sich an sein Gesicht erinnerte. Dieses warme Braun der lachenden Augen, aufmerksam hatten sie geschaut und interessiert. Ach was, schalt sie sich selbst. *Er wird wohl vor allem froh sein, dass nichts passiert ist.* Schlanke Hände hatten glatt und warm ihre umfasst. Hassan war ein arabischer Name, aber geflucht hatte er auf Französisch.

***

Hassan schaute ihr mit seinem Espresso in der Hand nach. Als sie aus seinem Blickfeld verschwand, erinnerte er sich an das Bild, als sie vor ihm hockend seine Schuhe abgewischt hatte. Sie hatte ihn mit dieser spontanen und schnellen Aktion vollkommen überrascht. Das gelang anderen nur selten.

Die Selbstverständlichkeit, mit der sie ihm ihren Kaffeebecher in die Hand gedrückt hatte, grenzte an Frechheit. Dann die Wandlung in ihrem Gesicht. Im Moment des Zusammenstoßes waren ihre Augen riesengroß geworden. Grau waren sie und standen in scharfem Kontrast zu den dunkelblonden Haaren. Die Erleichterung über den glimpflichen Ausgang und sein Eingehen auf ihre schlagfertigen Bemerkungen hatten ihr Gesicht aufleuchten lassen.

Ein hübsches Gesicht, das zu keinem einzigen Augenblick Ablehnung hatte erkennen lassen. Offen und freundlich war sie ihm begegnet.

Er mochte Schlagfertigkeit. Ob er dieses Wochenende auch dazu nutzen sollte, eine Frau kennenzulernen?

Er hatte bisher keine feste Beziehung gesucht, war zu viel in Europa herumgereist, aber vielleicht wurde es ja Zeit, nach einer passenden Partnerin Ausschau zu halten? Als er sich im Foyer umsah, verwarf er den Gedanken aber wieder. Er sah nur wenige Frauen und bezweifelte, dass die Liebe zum Glücksspiel als Basis für eine Beziehung geeignet war.

Bis zur Bekanntgabe der Spielergebnisse würde es noch eine ganze Weile dauern. Hassan schlenderte zum Treppenaufgang, um das Spielgeschehen von oben zu verfolgen. Beim Erreichen des ersten Rangs blieb er jedoch stehen und schaute nach oben. Die Eisenkonstruktion der ovalen Kuppel erinnerte ihn an den Eiffelturm. Er hatte gelesen, dass die Festhalle über hundert Jahre alt war.

Als er den Kopf senkte, um nach unten zu schauen, stand unversehens die Frau im Hosenanzug vor ihm. Sonja Reinhard, wiederholte er ihren Namen still. Auch sie hatte sich anscheinend entschlossen, dem Spiel im Erdgeschoss zuzuschauen. Die Tatkraft, die sie ihm demonstriert hatte, war ihr auch jetzt anzumerken. Sie hatte Stil und hob sich aus der Menge, die bei diesem Turnier teilnahm, ab. Der dunkle Hosenanzug kontrastierte zu ihrem Haar. Er vermutete, dass es ihre natürliche Haarfarbe war, zumindest kannte er keine Frau, die ihr Haar dunkelblond färbte, hellblond oder rot, das ja, aber gerade diese auf den ersten Blick unscheinbare Farbe gefiel ihm. Unter dem kurzen Blazer sah er lange Beine und einen knackigen Po. Er schielte auf ihre Schuhe: farblich passende Ballerinas.

Sie mochte es also bequem und war so vernünftig, sich auf weite Wege hier in Frankfurt einzustellen. Ob sie wohl mit dem Zug angereist war?

Vorsichtig ließ Sonja ihren Kopf kreisen.

»Verspannt?« Hassan war neben sie an die Balustrade getreten.

»Ein wenig.« Sie lächelte ihn erkennend an. »Das frühe Aufstehen, die Zugfahrt hierher, aber es ist auszuhalten.«

»Hatten Sie eine weite Anreise?«

Sonja schaute ihn prüfend an, bevor sie ein Kopfschütteln andeutete. »Nein, von Köln bis hierher war es im ICE nur etwas mehr als eine Stunde.«

Hassan bemerkte Interesse in ihrem Blick, was ihm nicht unangenehm war.

»Darf ich Ihnen eine Frage stellen?« Sie hatte sich zu ihm umgedreht und schaute nun zu ihm auf.

Überrascht deutete er ihr an, dass er keine Einwände hätte.

»Ihr Name klingt arabisch, aber im ersten Moment sprachen Sie Französisch, wie passt das zusammen?«

Sie hatte sich Gedanken über ihn gemacht? Er fühlte sich geschmeichelt.

»Für den Fluch muss ich mich entschuldigen.« Er legte seine Rechte auf sein Herz und deutete eine Verbeugung an. »Meine Familie stammt ursprünglich aus Marokko, aber aufgewachsen bin ich in Paris.«

»Haben sie Deutsch in der Schule gelernt? Ich hätte nicht vermutet, dass Sie kein Muttersprachler sind.«

»Vielen Dank, das würde meine Lehrerin, Madame Martin, sehr glücklich machen. Sie hat mich für dieses wunderbare Land und die Sprache begeistert.«

Sonja stand nun an die Balustrade gelehnt neben ihm. Sie legte den Kopf leicht zur Seite und strich sich eine Haarsträhne hinter das Ohr. So kam ihr schlanker Hals zur Geltung, wobei ihre Bewegungen natürlich wirkten, frei von jeder Absicht.

»Ich stelle es mir schwer vor, Deutsch zu lernen. Allein die drei Geschlechter mit den Artikeln, die alle dekliniert werden, dazu die unzähligen Verbformen mit ihren Ausnahmen.«

Hassan hing an ihren Lippen. Ihm gefiel ihre Stimme, die ruhig war, eher tief und selbst in dem Moment, als sie im ersten Schreck über den Zusammenstoß nur gestammelt hatte, nicht schrill geworden war.

»Es lag eine gewisse Herausforderung darin. Aber ich habe durch die Beschäftigung mit der deutschen Grammatik auch meine eigene Sprache verstehen gelernt. Das Geheimnis des Unterrichts bei Madame Martin war, dass sie uns sprechen ließ, sie hat uns abverlangt, uns auf Deutsch zu aktuellen Themen zu äußern. So schwer mir dies zu Beginn fiel, so dankbar bin ich ihr für ihre Beharrlichkeit. Außerdem ist es ihr gelungen, meinen Ehrgeiz zu wecken.«

»Sind Sie sehr ehrgeizig?«

»Ja, das bin ich. Aber ich vermute, dass auch Sie hergekommen sind, weil sie gewinnen wollen.« Er lächelte sie an, um seine Worte abzumildern. Ruhig hielt er aus, dass sie ihn nachdenklich musterte.

»Dann hoffe ich, dass wir uns nicht am Spieltisch begegnen.«

»Nicht vor der Finalrunde zumindest«, bekräftigte Hassan.

»Dann haben wir also eine Verabredung?« Sie streckte ihm mit einem frechen Grinsen ihre Hand hin.

Lachend schlug er ein. »Ja, die haben wir.«

»Gut.« Sie löste ihre Hand aus seiner. »Wenn Sie mich jetzt entschuldigen würden.«

Bedauernd trat er zur Seite, um sie vorbeizulassen, und schaute ihr nach, wie sie den Rang verließ. Sie gefiel ihm.

***

Als Sonja die Treppe verlassen hatte, reihte sie sich in den Strom derjenigen ein, die im Foyer die ausgehängten Ergebnisse der ersten Spielrunde einsehen wollten.

Da sie wusste, wie viel sie erspielt hatte, schaute sie gar nicht erst auf die vorderen Blätter. Sie kontrollierte, bis zu welchem Betrag Spieler in die zweite Runde gelangt waren – bei ihr war es reichlich knapp. Auf ihrem Weg zurück an die Spieltische überdachte sie ihre Strategie. Wenn sie eine ernsthafte Chance haben wollte, musste sie dringend offensiver spielen.

Von nun an wurden an den Tischen Eleminationsrunden gespielt. Wer den geringsten Gewinn verzeichnete, schied aus. Sonja gelang es, zweimal einen mittleren Platz zu belegen. Dann wurden die Gruppen neu eingeteilt. So kam es, dass sie dem Milchbart aus der ersten Spielrunde wieder begegnete. Dieser wirkte nicht mehr so ruhig wie zu Beginn. Als er mehrmals nacheinander verlor, fluchte er verhalten. Als Schlusslicht der Runde fürchtete er zu Recht, eliminiert zu werden. Nach einer Fünf und einer Sieben verlangte er eine weitere Karte. Als Nächstes erhielt er eine Zwei.

28

Die anderen Spieler hatten höhere Werte und so verlangte er eine weitere Karte. Mit einer Acht bustete er und verließ frustriert den Tisch.

Sonja wurde unter ihrer sorgsam zur Schau getragenen Coolness nervös. Bisher war es ihr gelungen, Vorletzte zu sein. Selten hatte sie weiter vorn gelegen. Wie sie befürchtet hatte, wirkte die Aussicht auf das Preisgeld ablenkend auf sie. Wenn sie es nur schaffen würde ... Sie rief sich zur Ordnung, konzentrierte sich auf die nächste Runde. Mit einem mittleren Einsatz freute sie sich über einen Blackjack und strich ihren Gewinn ein, der sie auch dieses Mal rettete.

Statt eines weiteren Kaffees verließ sie in der folgenden Pause die Stadthalle. Schnellen Schrittes lief Sonja die Straße hinab und ließ dabei die Schultern kreisen.

Wenn dieser Tag irgendetwas bringen sollte, musste sie ihre Strategie ändern.

Vergiss einfach, dass es um Geld geht. Wenn du ohne Geld nach Hause gehst, ist es auch gut.

Vergiss, vergiss, vergiss, hämmerte sie sich das Mantra bei jedem Schritt in ihr Hirn. Langsamer ging sie den Weg zurück und atmete tief durch.

***

Hassan hatte Sonja aus den Augen verloren. War sie ausgeschieden? Noch einmal ließ er seinen Blick über das Foyer schweifen. Zufällig entdeckte er sie durch die Glasfront neben der Eingangstür. Langsam schlenderte sie auf das Gebäude zu, ein Bild von Gelassenheit und Konzentration.

Ohne zu wissen, wie sie bisher abgeschnitten hatte, schätzte er sie als gefährliche Gegnerin ein. Sie schien eine erfahrene Spielerin zu sein.

Ein Lächeln huschte über sein Gesicht, als er an die beiden Begegnungen mit ihr dachte. Er beobachtete, wie sie zielstrebig auf einen der Spieltische zuging. Sie war also noch dabei.

Der Kreis der aktiven Teilnehmer hatte sich inzwischen so dezimiert, dass nur noch zehn Tische belegt waren. Die Top 50 hatten beide also fast erreicht.

***

Als Sonja Platz genommen hatte, trat der Spieler aus der ersten Runde, der mit dem grauen Dreitagebart neben sie.

»Welche Freude, bei einer solchen Schönheit sitzen zu können.« Seine Stimme hatte ein weiches Timbre und war tief, Bariton, vielleicht sogar Bass.

Sonja musterte ihn. Der Anzug saß auch nach den Spielrunden tadellos, das Hemd blütenrein. Sein Aftershave drang ihr in die Nase, nicht wirklich unangenehm, aber es passte nicht recht zu ihm.

»Bei einem Turnier dieser Art musste man natürlich damit rechnen, dass quasi jeder mitmachen kann. Jetzt kommen wir langsam in die interessanten Gefilde.« Er lehnte sich zurück und schaute demonstrativ auf die verbleibenden zehn Spieltische. Nur diese waren noch beleuchtet und standen im Zentrum, umgeben von Halbdunkel. »Ja, inzwischen hat sich die Spreu vom Weizen getrennt. Wohl dem, der das nötige Kleingeld hat, auch in dieser Runde dabei zu sein.«

Sonja hörte ihm nur oberflächlich zu. Bei *Kleingeld* kam sie ins Grübeln. Hatte in den Wettbewerbsregeln gestanden, dass man sich wieder in das Turnier einkaufen konnte?

Die Rebuy-Regelung hatte sie überschlagen, weil sie kein Geld hatte, um sich eine zweite Chance zu kaufen.

»Was halten Sie davon, wenn wir den Abend gemeinsam verbringen?« Er beugte sich vertraulich zu ihr herüber.

»Sind Sie so sicher, dass Sie gewinnen werden?«

»Ach, das ist doch der reine Zeitvertreib. Ich habe schon meine Suite im Grandhotel bezogen. Die hatte ich gebucht, bevor ich mich hier eingeschrieben habe.«

Jetzt fiel ihr auch der Siegelring auf, als er seinen Unterarm lässig auf den Tisch legte und sich näher zu ihr beugte.

»Der Platz reicht für zwei.«

So plump war Sonja schon lange nicht mehr angesprochen worden. Meinte er das ernst? Bevor sie sich eine passende Entgegnung überlegt hatte, setzten sich die anderen Spieler an den Tisch und der Croupier kam hinzu. Der Spielbeginn enthob sie einstweilen von der Antwort.

Dieses Mal wurde es schon in der ersten Runde eng. Während zwei Mitspieler einen Blackjack hatten, bustete Sonja und mahnte sich zur Ruhe.

Sie schob ihren nächsten Einsatz in die Mitte und wartete auf die Karten. Zum ersten Mal breitete sich eine tiefe Gelassenheit in ihr aus. Zweimal hatte sie Glück, konnte den Erfolg wiederum halten, und der Dreitagebart schied aus. Aus dieser Stimmung heraus überstand sie auch die folgenden drei Runden.

Einem Aufwachen gleich realisierte Sonja, dass sie es bis in das Finale geschafft hatte. Zum Ende der Veranstaltung in der Stadthalle sollten die Ergebnisse bekanntgegeben werden.

Auch wenn klar war, wer jeweils an den Spieltischen in die Runde der letzten Sechs vorgerückt war, so drängten sich doch viele Menschen vor der Bühne, auf der nun wieder der Sprecher des Veranstalters das Mikrofon ergriff.

»Meine Damen und Herren, nach einem ereignisreichen Tag gilt es nun, die Gutscheine für die Übernachtungen zu überreichen und die besten sechs Spieler des heutigen Events für ihren Erfolg zu belohnen. Wir bedanken uns beim Grandhotel für das Sponsoring und für die Möglichkeit, das Finale morgen dort durchzuführen.« Er nannte die anderen Sponsoren und sprach schließlich den Teilnehmern seinen Dank aus, die an den Tischen fair und konzentriert gespielt hatten. »Kommen wir also nun zur Ehrung der Finalteilnehmer. Als Erstes möchte ich den Sechstplatzierten auf die Bühne bitten, Herrn Heiner Stockhaus.« Ein Mann Mitte fünfzig betrat das Podium, in Jeans und Oberhemd gekleidet. Er bekam eine Schlüsselkarte für das Hotel überreicht und eine schwarze Mappe.

Sonja musterte ihren zukünftigen Gegner, der sich gelassen neben den Moderator stellte. Mittelgroß war er, und sein Hemd spannte leicht um die Taille. Er trug bequeme ausgetretene Schuhe aus hellem Wildleder, die alt, aber gepflegt aussahen. *Also jemand, der sich auf Bewährtes verlässt, Neuerungen gegenüber vorsichtig ist,* dachte sie.

»Als Nächstes bitte ich Sonja Reinhard zu mir.«

Dann war es also wieder knapp gewesen. Aber sie hatte das Wochenende im Grandhotel im Sack.

Beschwingt lief Sonja die Treppe zur Bühne hinauf und bekam ebenfalls Schlüsselkarte und die Mappe ausgehändigt. Sie schüttelte Stockhaus die Hand und stellte sich neben ihn, um die weiteren Gegner in Augenschein zu nehmen, wenn diese auf das Podium kamen.

»Der dritte Spieler in der Runde ist Hassan Djamali.«

Das Ritual wiederholte sich und Sonja fand sich plötzlich dem Mann gegenüber, den sie mit Kaffee übergossen hatte. Er lächelte herzlich, als er sie begrüßte. »Sie sehen, ich halte meine Vereinbarungen ein«, scherzte er, bevor er Stockhaus die Hand reichte.

Sonja nutzte den Moment, ihn im Scheinwerferlicht zu betrachten. Die schwarzen glänzenden Haare waren ihr schon bei ihrer ersten Begegnung aufgefallen. Um das markante Kinn zeichnete sich der Schatten eines Bartes ab. Er war fast einen Kopf größer als sie, und seine Figur schlank und athletisch, soweit sie die Statur im Jackett beurteilen konnte.

Ein Junge in Jeans und T-Shirt in Übergröße betrat die Bühne. Sie hörte gerade noch, dass er, just achtzehn geworden, sich wacker geschlagen hätte. Er grinste sie etwas verlegen unter seinem Basecap an, als er ihrem Beispiel folgend, alle begrüßte. Neben ihr erklang ein: »Hallo, Sven!«, und sie beobachtete, wie sich Stockhaus und der Junge gegenseitig beglückwünschten. Man schien sich also zu kennen.

Hinzu kamen noch ein blonder Nerd namens Tobias Krauter und ein Glatzenträger, der als Giacomo Falcone vorgestellt wurde. Nicht nur der Name des Letzteren deutete auf italienische Wurzeln hin.

Die Art, wie er sein schwarzes Hemd weit offen trug, bediente jedes Klischee.

Während Sonja noch mit ihren Gedanken beschäftigt war, kam eine Hostess mit Sektgläsern und sie hörte ein leises »Vorsicht«. Unwillkürlich musste sie lächeln und nahm sich ein Glas. Die Runde hob die Gläser, unterdessen der Moderator nun ohne Mikrofon den weiteren Ablauf verkündete.

»Im Anschluss werden Sie von einer Limousine abgeholt und ins Grandhotel gefahren. Wenn Sie unserer freundlichen Helferin ihre Garderobenmarken übergeben, wird sie sich darum kümmern, dass Ihr Gepäck zur Limousine gebracht wird. Zuvor möchten wir jedoch noch einige Fotos für die Presse zu Werbezwecken machen. Sie sind doch einverstanden?«

Auf Öffentlichkeit hätte Sonja verzichten können, nahm dies aber in Kauf. Frankfurt schien ihr weit genug von Köln entfernt zu sein, als dass sie jemand auf dieses Turnier ansprechen würde.

Also posierte die Gruppe, bei der sie als einzige Frau in die Mitte gebeten wurde, mal mit und mal ohne Sektgläser. Schließlich kam eine Hostess und führte sie zum Ausgang.

Sonja bemerkte, dass ihr Weekender gerade im Kofferraum der Limousine verschwand, und kurz darauf stieg sie in den Wagen.

Die gesamte Gruppe fand bequem Platz, wobei sie insgeheim etwas belustigt die Begeisterung verfolgte, mit der Sven und Krauter sich im Innenraum umsahen. *Es ist nur ein großes Auto*, dachte sie bei sich. Sie hatte sich nie für Autos begeistern können. In der Stadt ging es viel schneller mit dem Rad oder Bus und Bahn zu fahren.

Natürlich hatte Nick ein Auto gehabt und gehätschelt, bis es dann plötzlich weg war. Entschlossen verdrängte sie die Erinnerungen.

Die hellen Ledersitze waren sehr bequem und so lehnte sie sich zum ersten Mal an diesem Tag entspannt zurück. Als sie ihre Aufmerksamkeit wieder den Herren zuwandte, bemerkte sie, dass Hassan Djamali sie beobachtete. Sie erwiderte seinen Blick offen. »Ich hoffe, Sie sind ansonsten unfallfrei durch den Tag gekommen?«

Er lachte. »Ich sitze hier, wie wir es ausgemacht hatten, ja.«

Falcone beugte sich vor. »Sie kennen sich?«

Sonja überließ es Hassan zu antworten. Sie versuchte, sich ein Bild ihrer Gegner zu machen. Würde man sie, die einzige Frau, unterschätzen? Andererseits hatte sie es gerade so in die Finalrunde geschafft. Aber sie war hier und entschlossen hob sie den Kopf.

Die Lichter der Stadt glitten am Fenster vorbei, und eine halbe Stunde später öffnete der Wagenmeister des Hotels die Tür. Sie ließ den Männern den Vortritt und stieg als Letzte aus.

»Willkommen im Grandhotel, meine Dame und meine Herren, ich freue mich, Sie an diesem Wochenende im Namen der Geschäftsleitung einladen zu dürfen. In Ihren Mappen finden Sie Informationen zu unseren Angeboten im Wellnessbereich oder in der Gastronomie.«

Der Empfangschef hatte sich persönlich vor die Tür begeben, um sie zu begrüßen. Pagen übernahmen das Gepäck.

Interessiert beobachtete Sonja die lautlosen und reibungslosen Abläufe und folgte der Gruppe ins Foyer. Die weiteren Erläuterungen verfolgte sie mit halber Aufmerksamkeit, während sie sich umsah. Der dunkle Steinboden glänzte edel und grenzte an eine einladende Zone mit eleganten Loungemöbeln. Hier entdeckte sie einen weich wirkenden Teppichboden zwischen den Sitzgruppen. Verschiedene Zeitungen lagen bereit. Die Rezeption aus Naturholz ließ die Gruppe unbeachtet auf ihrem Weg zu den Aufzügen im hinteren Teil. Auch diese waren großzügig geschnitten, Spiegel glänzten geschmackvoll neben hellem Holz.

Sonja schaute auf ihre Schlüsselkarte und wartete in der sich leerenden Kabine, bis die sechste Etage erreicht war. Weicher Teppichboden empfing sie auf dem Gang und dämpfte ihre Schritte.

Schließlich in ihrem Zimmer, schlüpfte sie aus den Schuhen und ließ sich auf das Doppelbett fallen. Nach einem kurzen Durchschnaufen nahm sie ihr Handy und schickte Marie ein Bild ihrer Füße, die am Ende der langen dunkelblau gewandeten Beine auf das Fenster wiesen. Einen Kommentar verkniff sie sich.

Was auch überflüssig war, wie die Antwort nur Sekunden später zeigte.

»Glückwunsch!«, und eine größere Menge Herzchen standen auf dem Display. Dann klingelte es.

»Hi, Marie!«

»Wow, du hast es tatsächlich geschafft! Morgen holst du den Jackpot!«

»Marie, wir spielen hier Blackjack.«

»Das weiß ich doch, ich meine den Hauptgewinn, die Fünfzigtausend.«

»Ich weiß nicht, ich habe so gerade eben die letzten Sechs erreicht. Das wird nicht leicht.« Sonja seufzte.

»Jedenfalls genießt du heute Abend erst mal das volle Verwöhnprogramm. Die haben ein Spa – das sucht seinesgleichen.«

»Ach, und woher weißt *du* das?«

»Recherche. Gönn dir was und berichte mir ausführlich, ja? Wenn du das alles nutzen willst, solltest du jetzt gleich starten. Ich empfehle die Sauna, zwei Gänge und ein abschließendes Dampfbad. Für morgen früh solltest du dir eine Massage ordern. Ich halte dich jetzt auch nicht länger auf.«

Kopfschüttelnd ließ Sonja das Handy sinken. Wobei die Idee gar nicht so schlecht war. Spontan raffte sie sich auf, hängte ihre Sachen in den Schrank und nahm sich den flauschigen Bademantel, der bereithing. So eingehüllt warf sie einen kurzen Blick in die Mappe und machte sich in die Sauna auf.

Zwei Saunagänge und eine Dampfsession später räkelte Sonja sich wohlig entspannt auf dem Bett. Ein Abendessen gehörte zum Service, aber sie hatte keine Lust, sich wieder anzuziehen.

Stattdessen griff sie zum Telefon. Ihre Frage nach dem Zimmerservice wurde positiv beschieden und so bekam sie nach kurzer Zeit einen Salat mit gegrillten Scampi gebracht. Sie setzte sich so an den Tisch, dass sie beim Essen hinausschauen konnte. Der Weißwein aus der Minibar passte gut dazu und Sonja ging früh schlafen.

***

Nachdenklich schaute Hassan auf den freien Platz am Tisch.

»Mir scheint, die Dame hat uns versetzt.« Falcone deutete mit dem Glas in der Hand auf den leeren Stuhl.

»Ja, so sieht es aus.« Hassan spürte dabei seiner Enttäuschung nach. Er hatte gehofft, Sonja heute Abend näher kennenlernen zu können. Andererseits versuchte er nachzuempfinden, wie es für sie als einzige Frau in der Runde sein würde. Sie hatte allerdings nicht so gewirkt, als mache ihr dieser Umstand etwas aus.

Das Essen war gut und er freute sich bei der Qualität der einfachen Speisen am heutigen Abend auf das Dinner, das nach dem Finale angesetzt war. Der Auftakt war vielversprechend, wäre da nicht diese kleine Einschränkung.

Ob es ihr nicht gut ging? Während er auf der Fahrt zum Besten gegeben hatte, wie sie sich kennengelernt hatten, hatte sie nachdenklich auf die Teilnehmer der Finalrunde geschaut. Es war, als sei die Anspannung des Tages von ihr abgefallen. Vielleicht war sie ja einfach nur müde.

38

Finale

Nach einer traumlosen Nacht fiel es Sonja schwer, sich zu orientieren. Die Sonne ging gerade auf und schickte die ersten Strahlen durch die offenen Vorhänge.

Ein Blick auf das Handy zeigte, dass es noch vor sechs war. Wie üblich war sie früh erwacht, wie es ihr Job im Supermarkt von ihr verlangte. Regale auffüllen, bevor die Kundschaft kam und das für einem Hungerlohn. Aber nicht heute. Sie kuschelte sich wieder unter die Decke, merkte jedoch schnell, dass sie zu unruhig war, um entspannt im Bett liegen zu bleiben.

Frühstück würde es erst ab halb sieben geben, und die Massage war für neun bestellt. Beim weiteren Blick in die Angebote entdeckte sie, dass es einen Fitnessbereich mit 24-Stunden-Service gab, in dem sogar Sportkleidung verliehen wurde. Kurzentschlossen machte sie sich auf den Weg.

Nach einer halben Stunde auf dem Laufband war die innere Unruhe bezwungen. Sonja nahm sich vor, wieder regelmäßiger zu laufen. Sie erinnerte sich genau daran, dass sich dreißig Minuten gemäßigtes Joggen früher entspannter angefühlt hatte. Noch immer außer Atem, stieg sie in ihrem Zimmer unter die Dusche. Das herrliche Gefühl der Regendusche genießend, zog sich das Morgenritual länger hin als gewöhnlich. Sie legte den Kopf in den Nacken und ließ die warmen Wassertropfen auf ihr Gesicht fallen. Herrlich, fast wie ein zärtlicher Sommerregen.

Als Massage, wie ihre Dusche zu Hause, taugte das sanfte Tröpfeln nicht, aber zur Entspannung ihres Nackens hatte sie ja noch einen Massagetermin gebucht.

Gegen acht betrat Sonja das Restaurant. Das Frühstücksbuffet ließ keine Wünsche offen. Brötchen aller Art, Croissants und andere Brotsorten samt der Beläge ließ sie links liegen und blieb vor dem frischen Obst stehen.

»Da sind Sie ja. Ich habe Sie gestern Abend vermisst.«

Verwundert drehte sich Sonja um. Vor ihr stand der Dreitagebart vom Vortag, auch heute Morgen korrekt gekleidet.

»Ich wusste nicht, dass wir verabredet gewesen wären, Herr ...?«

»Mehnert, aber nennen Sie mich doch Martin. Als der Ältere von uns beiden darf ich Ihnen ja das Du anbieten.«

Warum nicht? Sie zuckte innerlich mit den Schultern, ergriff die hingestreckte Hand und nickte.

»Sonja.«

»Ich weiß, das wurde gestern Abend ja öffentlich verkündet.«

Sie verzog das Gesicht zu einem gequälten Grinsen.

»Darf ich dir das Rührei mit Scampi empfehlen?« Martin schien bereits bei der zweiten Runde zu sein.

»Auf leeren Magen ziehe ich Obst vor, aber danke für den Tipp.« Sonja bediente sich beim Obstsalat und nahm sich vom Naturjoghurt und dem Honig. Als Topping streute sie sich zwei Löffel vom Knuspermüsli über die Schale.

»Ich habe dich gestern unterschätzt. Auch wenn ich dich jetzt betrachte, bist du ein Bild der Gelassenheit.« Martin stand mit einem übervollen Teller Rührei neben ihr.

Sonja lächelte still. Sie wusste schließlich nur zu gut, wie knapp es gewesen war.

Als sie nichts sagte, fuhr er fort: »Hast du gut geschlafen? Das Hotel verfügt über vielfältige Angebote zur Entspannung, wenn du dich optimal auf den Nachmittag vorbereiten willst.«

»Danke«, nur zu schweigen, war ihr zu dumm, »die Sauna habe ich gestern bereits ausprobiert, vorhin war ich im Fitnessstudio und gleich habe ich einen Massagetermin. Die Mappe, die uns ausgehändigt wurde, gab erschöpfend Auskunft.« Sonja nahm sich ein Stück von ihrem Topping und biss kräftig zu.

»Wusste ich doch, dass du zu leben verstehst.« Er lächelte ihr zu. »Kommst du? Ich sitze da hinten am Fenster.«

Sonja schaute sich um, konnte aber noch keinen der anderen Spieler entdecken. Also folgte sie Martin zu seinem Platz. Die weiße Tischdecke reflektierte das einfallende Sonnenlicht, so dass sie blinzeln musste.

»Guten Morgen, was möchten Sie trinken?«

Sonja blickte auf. Neben ihr stand eine Kellnerin mit einer Kaffeekanne.

»Ich nehme einen Kaffee, danke.« Sie wartete, bis die Kellnerin gegangen war. »Bedauern Sie, dass ...«

»Du«, unterbrach Martin sie, »wir waren beim Du.«

»Entschuldigung. Bedauerst du, dass du dich vergeblich in das Turnier eingekauft hast?«

»Ach was, wie gesagt, das ist doch reine Spielerei. Natürlich hätte es mich gefreut, aber die Atmosphäre im Casino ist doch etwas ganz anderes, nicht wahr?«

Sonja hielt seinem abschätzenden Blick stand. »Ich muss gestehen, dass mir die Unruhe in der ersten Spielrunde zu schaffen gemacht hat.«

Er nickte, wie um seine Einschätzung von ihr zu bestätigen. »Spielst du regelmäßig?«

»Nein. Früher war ich öfter mal im Casino, in den letzten Jahren jedoch nicht mehr.«

»Hat man dich denn vor ein paar Jahren schon ins Casino gelassen?«

Bei dieser Frage war seine Stimmlage noch einmal in die Tiefe gerutscht. Sie zog es vor, nicht auf das plumpe Kompliment zu antworten.

»Ah, da kommen ja deine Gegner«, plauderte er weiter. »Schon erschreckend, wen man so alles bei solchen Veranstaltungen trifft.«

Jetzt sah auch Sonja zu Sven und Falcone, die sich an einen Tisch näher am Frühstücksbuffet setzten und Kaffee bekamen.

»Was meinst du?«

»Angefangen mit diesem Jungen, der sich nicht zu benehmen weiß und ständig seine Kappe auf dem Kopf behält. Und dann dieser Mafioso dort. Diese Italiener sind doch nur ihrer dunklen Geschäfte wegen hier in Deutschland. Dazu noch der Araber, der mich gestern aus dem Turnier gekickt hat.«

Auch Hassan hatte sich zu den anderen gesellt, die nun alle an einem Tisch saßen, an dem ein Platz frei blieb.

»Hast du allgemein ein Problem mit Ausländern oder nur, wenn sie dich im Spiel schlagen?«

»Sollen die doch bleiben, wo sie hingehören. Dann ginge es uns allen hier besser.«

Dabei machte er nicht den Eindruck, als ginge es ihm schlecht. Nachdenklich musterte Sonja ihn. Sein Aftershave war ihr nicht sympathischer als gestern, dazu die plumpe Anmache und jetzt noch die abfälligen Bemerkungen.

»Weißt du was? Ich werde mir noch etwas zu essen holen und mich dann zu den anderen setzen. Danke für die Gesellschaft, aber ich ziehe die der anderen Spieler vor, egal woher sie kommen, oder noch so jung sind, dass sie gewisse Konventionen nicht erfüllen.«

Mit diesen Worten stand sie auf und verließ den Tisch, ohne ihm die Gelegenheit einer Antwort zu geben. Selbstgefälliger Kerl! Da war ihr die Gesellschaft ihrer Gegner wirklich lieber.

Kurze Zeit später trat sie mit einem Croissant neben deren Tisch. Mit einem fröhlichen: »Guten Morgen, die Herren!«, nahm sie auf dem freien Stuhl Platz.

»Wir haben Sie gestern Abend vermisst.« Kam Falcone jetzt etwa mit der gleichen Anmache wie Martin Mehnert? Ein Blick in sein Gesicht zeigte jedoch einen vollkommen anderen Ausdruck. Der sanfte Spott, mit dem er Hassan einen Seitenblick zuwarf, ließ sie lächeln.

»Ich war in der Sauna und danach, ehrlich gesagt, zu faul, mich wieder anzuziehen.« Ein Paar braune Augen waren starr auf sie gerichtet, und als sie ihrerseits Hassan anschaute, war sein Blick nicht zu ergründen.

»Brillant«, lachte Falcone, »also sind Sie gleich ausgeruht und fit und wir haben das Nachsehen, weil wir der Bar noch einen ausgiebigen Besuch abgestattet haben.«

»So war der Plan«, stimmte Sonja in sein Lachen ein. Dass Krauter etwas verlegen auf seinen Teller schaute, belustigte sie.

»Was ist mit ihm?«, fast unmerklich deutete Hassan mit dem Kopf in Mehnerts Richtung.

Sonja verzog das Gesicht. »Er hat sich nach seinem Ausscheiden gestern vergeblich ins Turnier eingekauft und hatte seine Suite hier schon gebucht«, sie imitierte seinen Ausdruck. »Aber ich ziehe diese Tischgesellschaft vor.« Wieder wurde ihr Blick von Hassans Augen angezogen und blieb dort hängen. Die abfälligen Bemerkungen über Falcone und ihn behielt sie für sich. Mühsam riss sie sich los und sah auf die Uhr. »Huch, ich muss los. Man sieht sich!«

Zurück im Spa wurde sie in einen kleinen Raum geführt und gebeten, abzulegen, ihre Masseurin sei gleich da.

Sonja tat wie geheißen und legte sich auf die Liege. Ihr fiel auf, dass diese wärmer schien als die Umgebung und ein kurzer Blick über die Schulter bestätigte ihr einen Strahler an der Decke. Wohlig rückte sie sich bäuchlings zurecht und genoss die Wärme. Ihr Morgenprogramm aus dem frühen Aufstehen und der ungewohnten sportlichen Betätigung forderte nun Tribut und ihr fielen die Augen zu. Daher hörte sie auch nicht richtig hin, als hinter ihr ein »Oh, Verzeihung« ertönte.

Die Stimme kam ihr bekannt vor, jedoch suchte sie nicht nach dem dazu passenden Gesicht, sondern döste entspannt, bis sie von der Masseurin geweckt wurde. Die Massage war dann so entspannend, dass sie wiederum in den Halbschlaf hinüberglitt.

***

Hassan war froh, noch einen Massagetermin bekommen zu haben. Sonjas Hinweis auf den Spabereich hatte er zum Anlass genommen, sich das Angebot genauer anzuschauen.

In Gedanken ging er den angewiesenen Gang entlang und schob eine angelehnte Tür auf. Dieser Raum war jedoch bereits besetzt. Auf der Massageliege schlief eine Frau, zumindest schloss er aus der Tatsache, dass sie nicht auf seine gemurmelte Entschuldigung reagiert hatte, dass sie schlief. Sie war lediglich mit einem Handtuch über ihrem Po abgedeckt. Sie war schlank, mit einem kleinen Tattoo auf der linken Schulter – zwei Spielwürfel –, und darüber dunkelblondes halblanges Haar.

Er riss sich los und schloss die Tür leise, nachdem er das Studio verlassen hatte. Eine Tür weiter war ein zweiter gleich eingerichteter Raum. Kaum hatte er ihn betreten, kam auch schon ein Masseur und bat ihn, abzulegen.

***

Nach der Massage entspannte Sonja noch auf ihrem Bett im Zimmer und nahm einen leichten Imbiss zu sich. Schließlich war es soweit, das Turnier im Kongresssaal des Hotels fortzusetzen. Einige Zuschauer und auch Reporter mit Kameras begleiteten den Auftakt zur Finalrunde, der vom Manager des Hotels moderiert wurde.

Am Tisch sah sie die anderen Kandidaten wieder. Die fröhliche Stimmung vom Morgen hatte sich jedoch verändert: Aus den gemeinsamen Gewinnern von gestern waren nun wieder Gegner geworden. Einzig Hassan lächelte ihr zu und deutete ein Nicken an. Er saß neben Sven und Stockhaus, neben ihm war der einzige freie Platz.

Konzentriert und sicher absolvierte Sonja die ersten Runden und hatte innerhalb weniger Spiele einen großen Betrag hinzugewonnen. Der Letzte wurde eliminiert und so saßen sie nach einer halben Stunde ohne Falcone am Tisch. Eine weitere halbe Stunde später musste auch Sven die Runde verlassen.

Danach folgte eine Pause. Sonja entzog sich den fragenden Reportern und verschwand in der Damentoilette, ein Platz, den sie für sich allein hatte. Nach einem tiefen Durchatmen ließ sie kaltes Wasser über ihre Handgelenke fließen. Bisher war es gut gelaufen, fast zu problemlos. Jetzt hieß es, nur nicht die Nerven zu verlieren. Vor dem Spiegel ließ sie den Kopf kreisen und kontrollierte dann ihr Aussehen. Das Make-up saß wie frisch gemacht und die Augen blickten klar, ruhig und konzentriert. Sehr gut.

Sie blieb so lange für sich, dass sie sich anschließend gleich wieder zum Tisch begeben musste.

Sobald sie Platz genommen hatte, ging es in die Runde der letzten Vier.

Dieses Mal stimmten die Karten nicht. Gleich dreimal nacheinander bustete Sonja. Über ihren nächsten Einsatz nachdenkend, streckte sie sich und öffnete beiläufig den Knopf ihrer Bluse. Die Blicke Krauters neben sich bemerkte sie nicht, so konzentriert war sie auf das Spiel und die Karten, die sie und die anderen erhielten. Noch war ihr Vorsprung groß genug, die anderen waren aber ein gutes Stück nähergekommen, so dass Sonja wieder vorsichtiger agierte. Hassan hatte zwei Blackjacks in Folge, während Krauter neben ihr mehrmals verlor. Nach weiteren zwanzig Minuten schied er aus.

Die Pause vor der letzten Runde wollte Sonja draußen verbringen. So ging sie, ohne nach rechts oder links zu schauen, auf den Balkon des Hotels und merkte kurz darauf, wie jemand zu ihr an die Brüstung trat.

»Das mit Krauter war nicht ganz fair.«

»Wie bitte?« Erst jetzt bemerkte Sonja, dass Hassan neben ihr stand.

»Der arme Kerl wusste überhaupt nicht mehr, wo er hinschauen sollte«, erklärte er.

Kurz runzelte Sonja die Stirn, schaute dann aber an sich hinunter und grinste.

»Sie haben sich nicht ablenken lassen«, provozierte sie und legte den Kopf in den Nacken.

»Wer weiß, wenn ich schlechtere Karten gehabt hätte ... ein ausgesprochen hübscher Einblick, den Sie da gewähren.«

Sonja ließ ihm Zeit, sie anzuschauen.

»Man soll mir ja nicht vorwerfen, ich würde schummeln.« Mit diesen Worten schloss sie die Bluse wieder, woraufhin Hassans Blick zu ihrem Gesicht zurückfand. Verdammt hübsche Augen hatte er, aber dagegen war sie ja momentan immun, oder etwa nicht? Einen kurzen Moment lächelten seine Augen, ohne dass sich seine Mundwinkel bewegt hatten.

»Und weiter geht's«, galant hielt er ihr die Tür auf, als sie gemeinsam zum Spieltisch zurückkehrten. Auch dieses Mal gelang es ihr, die Fragen der Reporter unbeantwortet zu lassen.

Stockhaus, Hassan und sie saßen nun direkt nebeneinander und mit fast identischem Startkapital ging es los. Der Vorsprung der ersten Runden war dahin und Sonja hatte zunächst Mühe, wieder ins Spiel zu finden. Kurz lag sie vorn, als sie einen Blackjack bekam und passend gesetzt hatte. Noch einige Male ging die Führung hin und her, während die Zeit unbarmherzig heruntertickte.

Irgendwann machte Sonja den Fehler, auf die Uhr zu schauen. Höchstens noch zwei Runden würden gespielt werden können und Sonja verglich kurz die Jetonstapel, die ihre Gegner vor sich hatten, mit ihrem eigenen. Momentan schien sie wieder zu führen. Kurz schoss ihr durch den Kopf, wie fantastisch es wäre, den Geldbetrag mit nach Hause zu nehmen, die Schulden los zu sein und genug für einen echten Neuanfang zu haben. Dann rief sie sich zur Ordnung. Ihre Hände wurden feucht, und als sie die Jetons in die Box schob, zitterten sie. Sonja presste die Zähne zusammen und versuchte, ihre flatternden Nerven unter Kontrolle zu bringen.

Noch während sie damit beschäftigt war, bustete sie und unterdrückte gerade noch einen Fluch. Auch Hassan hatte verloren, unterdessen strich Stockhaus einen kleinen Gewinn ein. Sonja hatte keinen Überblick mehr, wer vorn lag. Plötzlich wieder ängstlich, setzte sie einen geringen Betrag, während Stockhaus aufs Ganze ging. Hassan bustete und so ging es nur noch um Sonja und Stockhaus. Sie hatte einen Blackjack und Stockhaus eine Zwanzig. Da vor dem Dealer eine Neunzehn lag, hatte sie zwar den Vorteil, die höhere Quote zu erhalten, aber weniger gesetzt. Das Atmen fiel ihr schwer, als sie nun auf das Auszählen der Jetons wartete. Wie durch Watte nahm sie wahr, dass Stockhaus am Ende zehn Euro mehr hatte, als sie selbst. Zehn Euro.

»Bevor wir den Sieger bekanntgeben, möchte ich noch einmal den Sponsoren dieser Veranstaltung danken.« Der Moderator sprach, aber Sonja hielt nichts mehr auf ihrem Platz. Der Weg zum Balkon war frei und sie schlüpfte hinaus.

Beide Hände fest an der Brüstung schluchzte sie einmal auf. Alle Muskeln angespannt, kämpfte sie die Enttäuschung nieder. Es war ein Spiel. Eine vollkommen aberwitzige Idee. Und doch hätte sie beinahe gewonnen – zehn Euro hatten sie vom Ende ihrer Sorgen getrennt. Sie atmete tief ein und blickte auf die Stadt unter sich. Frankfurt. Glänzende Fassaden. *Was tue ich überhaupt hier?*, fragte sie sich. Ein zweites Mal füllte sie ihre Lunge und ließ den Atem langsam ausströmen.

»Ich hätte nicht gedacht, dass es so knapp würde.«

Hassan stand neben ihr.

Da sie sich nicht sicher war, ob sie ihre Stimme unter Kontrolle hatte, schwieg sie.

Er musterte sie von der Seite.

»Hey, es war nur ein Spiel ... oder nicht?«

Die Anteilnahme in seiner Stimme war zu viel. Die letzten beiden Worte hatten besorgt geklungen. Obwohl sie die Augen sofort schloss, rollte eine dicke Träne über ihre Wange.

»Es hätte«, Sonja schluckte. »Es hätte einige Probleme gelöst. Aber ja – es war *nur* ein Spiel.« Sie streckte sich und holte tief Luft. »Wir sollten wieder hineingehen.«

Hassan hob erstaunt den Kopf.

Sonja presste die Kiefer aufeinander und wich seinem Blick aus. Wenn sie jetzt in seine Augen sähe, wäre alles aus. Fassung wahren und möglichst schnell auf ihr Zimmer, das war ihr Plan. Irgendwie musste sie die nächsten Minuten überstehen.

Drinnen war der Moderator mit der Aufzählung der Sponsoren beschäftigt und gratulierte gerade dem Sieger.

»Die Verleihung des Schecks wird heute Abend im Rahmen des Fünfgangmenüs geschehen. Wenn ich jetzt noch einmal alle Teilnehmer des Finales zu mir bitten dürfte.«

Halb hatte Sonja gehofft, dass ihr das Schaulaufen erspart bliebe, aber die Sponsoren wollten ein werbewirksames Bild. Sie griff nach Hassans Arm neben sich.

»Ist mein Make-up noch in Ordnung?«

»Wie bitte?« Prüfend blickte er sie an und sie konnte die Verwirrung in seinem Blick sehen. Zumindest war dort kein Mitleid. *Jetzt hält er mich für eine oberflächliche Tussie.*

»Bevor die Fotos gemacht werden, würde ich eigentlich einen Spiegel aufsuchen, aber meine Auszeit hatte ich schon. Und?«

Als ihr Gegenüber noch immer nichts sagte, fügte sie hinzu: »Bitte!«

Jetzt kam Bewegung in seine Augen. Sein Blick glitt kurz prüfend über ihr Gesicht. »Alles in Ordnung.«

»Danke.«

***

Hassan schaute ihr verdutzt nach, als sie auf den Moderator zusteuerte. Draußen schien sie vollkommen verzweifelt und jetzt machte sie sich Sorgen um ihr Make-up? Aber die Träne hatte er sich nicht eingebildet, auch ihre Anspannung nicht, die in ihren Bewegungen lag. Gern hatte er ihr Antlitz näher in Augenschein genommen. Die grauen Augen, die plötzlich eine große Empfindsamkeit offenbart hatten. Er sah ihren fast flehenden Blick noch immer vor sich. Dazu das herzförmige Gesicht, die kleine gerade Nase ... Er freute sich darauf, mit ihr gemeinsam den Abend zu verbringen. Als Letzter gesellte er sich zu der Gruppe der Finalisten und sorgte dafür, dass Sonja nicht am äußeren Rand stand. Sachte schob er sie auf den Moderator zu, als der Fotograf andeutete, dass sie näher zusammenrücken sollten. Da sie beide dem Sieger auf der anderen Seite zugewandt waren, befand er sich halb hinter ihr. Aus den Augenwinkeln sah er sie lächeln, bemerkte aber, dass dieses Lächeln nur für die Kameras war.

In ihrem Blick lag ein eigentümlicher Ernst, den er spontan ergründen wollte. Er war ihr so nah, dass er ihre Wärme spürte und ihren Duft roch.

Auch nach dem anstrengenden Nachmittag nahm er noch den Hauch eines holzigen Parfums wahr und darunter eine Ahnung von ... ja, Massageöl. Jetzt erinnerte er sich, dass in dem Raum, den er fälschlicherweise betreten hatte, eine Frau mit einem Handtuch gelegen hatte. Die Haarfarbe stimmte überein, ebenso die Statur, die er nun unter dem Blazer verborgen vor sich hatte. Ein Tattoo? Interessant.

Während auch er für die Kameras lächelte, rief er sich das Bild wieder vor Augen und bemerkte, wie sein Körper auf die Erinnerung reagierte. Ihre Wärme und das Bild ihrer Wirbelsäule, die unter dem locker drapierten Handtuch verschwand, ließen seinen Atem stocken. Als er an ihre schlanken Beine dachte und den Schatten, den das Tuch dazwischen geworfen hatte, wurde ihm heiß. Er würde die Chance, die sich ihm heute Abend bot, nutzen, um sie näher kennenzulernen, nahm er sich vor.

Die Fotos waren gemacht und die Reporter drängten sich um Stockhaus. Sonja ging zielstrebig zurück auf den Balkon und Hassan folgte ihr langsam. Er beobachtete, wie sie sich wie zuvor am Geländer festhielt.

»Für dich war es kein Spiel.« Leise nahm er das Gespräch wieder auf.

Sie schaute nicht auf. »Verhängnisvolle zehn Minuten lang nicht, nein.«

Als er schwieg, fuhr sie fort: »Zehn Minuten vor Schluss habe ich auf die Uhr geschaut und realisiert, wie nah ich daran war, zu gewinnen. Danach ...«

»… warst du beim letzten Einsatz zu vorsichtig.«

»Ja, ich hatte Angst. Angst zu verlieren und genau das ist passiert. Ich habe verloren – wegen zehn Euro.« Sie legte den Kopf in den Nacken.

»Du hättest das Geld gebraucht?« Sie wirkte nicht auf ihn, als wisse sie nicht um die Chancen und Risiken eines Glückspiels. Und sie bestätigte seine Einschätzung.

»Ich hätte nie gedacht, so weit zu kommen. Auf den einzigen Geldgewinn zu hoffen, wäre vermessen gewesen. Aber so nah am Ziel zu scheitern, das ist schon bitter.«

»Man könnte uns auch als Gewinner sehen. Das Wochenende hier ist auch einige hundert Euro wert.«

»Ich bin mir nicht sicher, ob ich darauf noch weiter Wert lege. Mir ist nicht danach, lächelnd am Tisch zu sitzen und für die Fotografen und Sponsoren zu posieren.«

Sie würde doch nicht vorzeitig abreisen wollen? Der Drang, sie in den Arm zu nehmen, wurde stärker. Jetzt galt es, den richtigen Einsatz zu spielen.

»Ich möchte gern den Abend mit dir verbringen.« Einen Moment ließ er seine Worte wirken. »Wie heißt es doch? Pech im Spiel und Glück in der Liebe?«

Atemlos beobachtete er sie. War er zu weit gegangen? Die Blicke, die sie ihm seit gestern geschenkt hatte, ließen ihn hoffen, dass sie Interesse an ihm hätte. Jetzt aber verzog sie schmerzlich das Gesicht und schüttelte den Kopf.

»Lass mich nicht allein mit den ganzen Männern.«

»Allein mit den Männern«, echote sie. »Und wer fragt mich, ob ich allein sein möchte mit den ganzen Männern?«

»Wenn du mich lässt, werde ich nicht von deiner Seite weichen. Dann bist du nicht allein.« Hassan setzte seinen treusten Dackelblick auf und legte den Kopf schräg.

Sie schaute zu ihm auf und lachte leise. »Wer kann schon solchen Augen widerstehen?«

***

Sonja drehte ihm wieder den Rücken zu. Solange sie in diese braunen Augen blickte, konnte sie nicht klar denken. Mit einem tiefen Atemzug schaute sie über die Stadt.

»Lass uns den Abend genießen.«

Sonja spürte, dass Hassan jetzt unmittelbar hinter ihr stand. Seine Wärme strahlte zu ihr hinüber.

Sie überlegte. Hier hatte sie ein wunderbares, bezahltes Hotelzimmer, würde ein exquisites Abendessen bekommen und zu Hause erwarteten sie unbezahlte Rechnungen und die Umzugskartons. Die wären auch morgen noch da.

Ihr leiser Seufzer überraschte sie selbst, gleichzeitig ließ die Spannung in ihrer Haltung nach. Sie wollte den Abend genießen, einmal alle Sorgen beiseiteschieben und sich auf den Mann hinter sich konzentrieren.

»Du hast dich entschieden?«

Vorsichtig tastend fühlte sie seine Hand an der ihren. Sie griff zu.

»Ja. Wir werden ein gemeinsames Dinner haben und ...«

»Und?«

Sie spürte seinen Atem an ihrem Ohr, angenehmer Begleiter der samtenen Schwingung, die ihr direkt in den Bauch fuhr. Sonja schluckte und drehte sich zu ihm um, ohne seine Hand loszulassen. »Wer weiß, wie unser Abend enden wird?«

Prüfend glitt sein Blick über ihr Gesicht. Sie blickte ihm offen und entschieden entgegen.

»Du erlaubst, dass ich mich für das Dinner umziehe?«

»Natürlich.« Trotz dieser Antwort ließ er ihre Hand nicht los und blieb unmittelbar vor ihr stehen.

»Was muss ich tun, damit du mich loslässt?« Wollte sie das überhaupt?

»Unsere letzte Verabredung haben wir durch Handschlag besiegelt. Diese hier hat einen anderen Charakter, findest du nicht?«

Sonja schluckte erneut. Hatte sie wirklich den Mut, sich darauf einzulassen? Er war ihr so nah, dass sein Atem ihr Gesicht streifte. Sein Duft, dieses Aftershave mit der Zimtnote, hüllte sie ein und die Zeit schien still zu stehen. Was wollte sie? Dass er sie losließ. Nein, das wollte sie nicht, aber er musste sie vorbeilassen, damit sie sich auf das Dinner vorbereiten konnte.

Sie schaute auf seinen Mund. Die sanft geschwungenen Lippen waren zu einem Lächeln geformt. Wieder fand ihr Blick seine Augen.

»Ich sehe, wir verstehen uns«, murmelte er. Hassan neigte seinen Kopf und gleichzeitig kam sie ihm entgegen, bis sich ihre Lippen zart berührten. Ein wohliges Glücksgefühl durchrieselte sie. Dieser Kuss war nur eine sanfte, kurze Berührung und doch barg er ein Versprechen.

Zögernd richtete er sich wieder auf, um ihr in die Augen zu schauen. »Bis zum Dinner um acht.«
»Ich werde da sein.«
Hassan ließ sie passieren.

Der finale Abend

Auf dem Weg nach oben war sie allein, darum schnitt sie ihrem Spiegelbild im Aufzug eine Grimasse. Sie würde diesen Abend genießen und jeden Gedanken an die Zukunft weit wegschieben.

Einen Moment schwankte sie in ihrem Entschluss, als sie das Cocktailkleid auf dem Bügel hängen sah. Mit diesem Kleid hatte alles begonnen. Aber dafür konnte das Kleid ja nichts. Also ließ sie es am Schrank hängen und würdigte es keines zweiten Blickes auf dem Weg in die Dusche.

Sonja ließ sich Zeit mit den Vorbereitungen, genoss die luxuriöse Einrichtung und schminkte sich sorgfältig. Schließlich ging sie fast bedauernd wieder in das Schlafzimmer hinüber.

Unbewusst Zeit schindend, holte sie zunächst die Schuhe hervor und dann die Strümpfe. Aber dann stand sie doch in ihrer Unterwäsche vor dem Kleid und zögerte. War es ein übles Omen, wenn sie nun in dieselben Sachen schlüpfte, die sie bei ihrer Trauung getragen hatte? Deutlich spürte sie, dass sie immer noch nicht über ihre Ehe und deren Folgen hinweg war. Irgendetwas musste sie ändern, sonst würde sie noch Stunden hier stehen, merkte sie nach einigen Minuten, und dann hatte sie die Idee. Genau das war die richtige Veränderung, passend für diesen Abend, für diese einmalige Gelegenheit.

Kurze Zeit später warf sie einen letzten Kontrollblick in den Spiegel. Das Gefühl war aufregend und zu wissen, dass nur sie den Unterschied kannte, rief ein zusätzliches Kribbeln hervor. Aber vielleicht würde er es herausfinden.

»Ah, Sonja! Du siehst hervorragend aus.«

Ausgerechnet Martin Mehnert empfing sie im Aufzug auf dem Weg nach unten. Verunsichert schluckte Sonja trocken, sollte sie lieber vorgeben, sie habe etwas vergessen? Nein, sie hatte sich entschieden, den Abend zu genießen, aber nicht mit dem Mann, dessen Aftershave die Aufzugkabine ausfüllte. Bis sein Blick wieder in ihrem Gesicht angekommen war, hatte sie sich gefangen.

»Danke.« Sonja lächelte ihm zu.

»Ich darf wohl nicht hoffen, dass du mit mir speisen möchtest?«

Sie deutete ein Kopfschütteln an. »Ich werde erwartet. Die Übergabe des Schecks erfordert auch eine angemessene Kulisse.«

»Als Kulisse bist du doch viel zu schade.«

»Danke für die Blumen, aber ich freue mich auf das Essen in freundlicher Runde.«

Sie wandte sie sich ab und verließ die Kabine, als sie im Erdgeschoss angekommen waren.

Pünktlich war sie am Tisch und Hassan stand auf, um ihr den Stuhl zurechtzurücken. Seine bewundernden Blicke hatten ihre Vorfreude auf das Folgende noch einmal gesteigert.

Kaum dass sie Platz genommen hatte, wurden die ersten Vorspeisen serviert. Immer wieder spürte sie Hassans Augen auf sich gerichtet, und nicht nur seine.

Anders als vorhin im Aufzug genoss Sonja die Aufmerksamkeit und die Blicke.

Nach dem ersten Gang drehte sich das Gespräch um die Durchschaubarkeit der Gegner. Sven versuchte, Tipps zu bekommen, und zunächst antwortete nur Stockhaus. In fast schulmeisterlichem Ton verglich er die verschiedenen Spieler am Tisch: »Wichtig ist es, sich in eine bestimmte Stimmung zu bringen und dieses innere Bild nach außen zu verkörpern. Nehmen wir zum Beispiel Signor Falcone. Ein Bild eines italienischen Machos – nichts für ungut, Giacomo.«

Der Angesprochene lächelte gnädig. »Da brauche ich mich nicht zu verstellen«, brachte er mit tiefer Stimme ein, die Sonja an eine Kaffeewerbung aus vergangenen Tagen erinnerte.

In das Lachen der Runde dozierte Stockhaus weiter: »Ähnlich, wenn auch vom Typ her eher arabisch, kommt unser Drittplatzierter daher. Allein die dunkleren Gesichtszüge machen es uns Nordeuropäern schwerer, die Miene zu deuten. Hektische Flecken oder Erröten wirst du in diesen Gesichtern nicht finden. Bei ihnen reicht es, die Gesichtsmuskeln unter Kontrolle zu halten. Ganz anders bei uns«, er deutete auf Krauter, Sonja, Sven und sich selbst. »Um cool zu wirken, musst du cool sein, deine Gefühle im Griff haben. Ein sehr gutes Beispiel, entgegen aller Geschlechterklischees ist die einzige Dame, die es in die Finalrunde geschafft hat.«

»Am Schluss warst du aber nicht mehr so cool, schien mir«, warf Sven ein.

Sonja setzte das Glas ab, aus dem sie gerade einen Schluck getrunken hatte. »Ja, am Schluss, habe ich mir selbst im Weg gestanden.«

»Welchem Umstand verdanke ich meinen Sieg?«

Sonja überlegte kurz, entschied sich dann, ehrlich zu sein. »Ich habe realisiert, wie nah ich dran war zu gewinnen. Bis zu diesem Zeitpunkt war es ein Spiel und nichts als das. Aber dieser Geldbetrag, um den es hier ging, hat mich kurz vor Schluss zu vorsichtig gemacht. Daher habe ich in der letzten Runde zu verhalten gesetzt. That's life.« Sie zuckte mit den Schultern. »Ansonsten muss ich deinem Mentor recht geben. Die innere Einstellung ist wichtig und falls es dich beruhigt: Ich habe eine Weile üben müssen, um so gelassen am Spieltisch zu wirken. Vermute ich richtig, dass ihr euch kennt?« Sie deutete auf Stockhaus und Sven.

Die beiden schauten sich an und nickten.

»Wir haben häufig gemeinsam gespielt und Heiner hat mir schon viel beigebracht«, kommentierte Sven.

»Damit sollte ich wohl besser aufhören, wo ich sehe, wie weit du es gebracht hast.«

Das Schmunzeln in der Runde wurde vom Hauptgang unterbrochen. Als jeder seinen Teller vor sich stehen hatte, wurden gleichzeitig die Gloschen angehoben. Der Duft exotischer Gewürze breitete sich aus.

Confierte Hasenkeule an Fenchelpüree las Sonja auf der Menükarte und schnupperte über ihrem Teller. »Pfeffer, Anis, Orange«, murmelte sie.

»... Zimt und Kümmel würde ich vermuten.«

Erst jetzt bemerkte Sonja, dass Hassan ebenso wie sie versuchte, die Gewürzmischung zu ergründen. Er probierte und ergänzte: »Ingwer und Knoblauch nicht zu vergessen. Köstlich.«

Bei der Bewertung gab sie ihm recht. Das Fleisch war zart und zerging fast auf der Zunge, um die Fülle der Aromen dort zurückzulassen.

Stille kehrte am Tisch ein, so verschieden die Spieler waren, diesen Genuss wussten offensichtlich alle zu würdigen.

Danach ging das Gespräch über das gemeinsam erlebte Spiel weiter.

Sonja beschränkte sich weitgehend darauf, zuzuhören.

Als das Dessert abgeräumt wurde, ergriff der Veranstalter noch einmal das Wort, würdigte die Leistungen der Finalteilnehmer und überreichte feierlich den Scheck über Fünfzigtausend Euro an den Gewinner.

Einen Moment bedauerte Sonja, dass sie knapp geschlagen worden war. Da ging sie hin, die Lösung ihrer Probleme, aber darüber würde sie erst morgen wieder nachdenken. Entschlossen wandte sie sich Hassan zu, der sie, wie sie bemerkte, bereits eine Weile zu beobachten schien.

»Es hätte dir viel bedeutet?«, fragte er.

»Das Geld hätte ich schon gut brauchen können.« Sie zuckte mit den Schultern. »Wie geht es nun weiter?«

»Wir könnten an die Bar gehen, die im Keller oder die oben im Dachgarten, ganz, wie du magst.«

»Nachdem wir gestern und vorgestern drinnen gehockt haben, fände ich den Dachgarten verlockend. Der Ausblick auf die Skyline soll sich lohnen, habe ich gelesen.«

Hassan stand auf und bot ihr seinen Arm. Diese altmodische Art, wie er sie an diesem Abend hofierte, tat gut. Sie fühlte sich großartig.

Gemeinsam schlenderten sie zum Aufzug und er legte eine Hand in ihren Rücken, als sie die Kabine verließen. Ihre Haut kribbelte unter seiner Berührung und sie war fest entschlossen, den Besuch in der Bar kurz zu halten.

»Was möchtest du?«

Sie überlegte und bestellte dann einen Whisky. Er nickte und orderte die Getränke, mit denen sie sich dann zu einem freien Platz am Geländer der Aussichtsplattform begaben.

»Auf diesen Abend.« Er hob sein Glas. Sonja tat es ihm nach und trank einen Schluck. Weich und rauchig lag der Whisky auf ihrer Zunge.

Sie ließ ihren Blick über die Skyline schweifen.

»Hast du es dir so vorgestellt?«

»Ich bin ... ein wenig abgelenkt«, sie drehte sich wieder zu ihm und schaute erst auf seinen Mund, dann in seine Augen. Unwillkürlich leckte er sich über die Lippen und sie lächelte.

»Zu mir oder zu dir?«

Sein Lächeln vertiefte sich und er trank sein Glas aus.

»Wenn wir in mein Zimmer gehen, kannst du jederzeit gehen. Wenn wir zu dir gehen, musst du mich bitten zu gehen. Ich überlasse dir die Entscheidung.«

Auch sie leerte ihr Glas. »Zeigst du mir den Weg?«

Wieder legte er ihr leicht eine Hand in den Rücken. Die Wärme war kaum zu spüren und doch ließ die sachte Berührung ihre Nerven vibrieren.

Mit wachsender Anspannung gingen sie zu Hassans Zimmer. Kaum hatte er die Tür hinter ihnen zugedrückt, lehnte sich Sonja an ihn.

So nah hatte sie endlich seinen Duft deutlich in der Nase, eine herbe Note, die auch durch sein angenehmes Aftershave nicht verdeckt wurde. Die unterschiedlichen Duftnoten ergänzten sich harmonisch. Sonja ließ ihre Hände über den glatten Stoff seines Hemdes gleiten und spürte seine Wärme.

»So hungrig?«, Hassans tiefe Stimme klang belustigt.

»Stört dich das?«

Er schien einen Moment zu überlegen. »Nein«, trotzdem fing er ihre Hand ab, die sich am Verschluss seiner Hose zu schaffen machte. »Aber mir ist es klassisch lieber, gerade beim ersten Mal.«

Sonja blickte ihn prüfend an. »Was genau meinst du damit? Du oben?«

Er lachte. »Fangen wir damit an, dass wir das Zimmer auch wirklich betreten und es nicht gleich hinter der Tür treiben.« Seine Augen hielten ihren Blick fest. »Ich möchte dich ausziehen und jeden Zentimeter deines Körpers erkunden. Mit meinen Händen«, er strich ihr über die Wange, »und mit meinem Mund.« Hassan neigte den Kopf und berührte erst mit der Nase, dann mit den Lippen ihre Schläfe. »Und dann liebe ich es tatsächlich, eine schöne und willige Frau unter mir zu spüren und mich um ihre Bedürfnisse zu kümmern.«

Sonja war irritiert, als er einen Schritt zurücktrat.

»Du hast die Wahl.« Er deutete erst auf die Tür, dann auf das Bett, das wenige Meter entfernt war.

Mit einem Lächeln ging Sonja weiter in das Zimmer hinein. Neben dem Fußende des Bettes blieb sie stehen und drehte sich zu ihm um. Wartend schaute sie ihm entgegen. Er wollte den aktiven Part? Den konnte er haben, zumindest vorerst.

Mit gemessenen Schritten kam er näher, ohne sie aus den Augen zu lassen. Wieder spürte sie seinen Mund, dieses Mal an ihrem Hals. Federleicht war die Berührung. Sonja neigte ihren Kopf und streckte ihm ihren Hals entgegen.

»Darf ich?«

Im ersten Moment war sie verwirrt, bemerkte dann aber, wie er sich am Reißverschluss ihres Kleides zu schaffen machte. Sie nickte und genoss das Gefühl, als kühle Luft an ihren Rücken traf.

»Oh!« Seine Hände lagen unterhalb ihrer Schulterblätter. Dort war nichts mehr, was sie trennte. Atemlos verfolgte sie, wie seine Finger langsam nach unten strichen, über ihr Kreuzbein ... und dort kurz verharrten.

»Wenn ich das beim Dinner geahnt hätte.«

»Hättest du vermutlich sehr unbequem gesessen«, neckte sie ihn. Ernster fügte sie hinzu: »Ich wollte keine halben Sachen, nicht heute Abend.«

Spontan drückte Hassan sie an sich und sie spürte seine Reaktion auf die Entdeckung, dass sie keinerlei Unterwäsche trug.

»Dann gefällt dir meine kleine Überraschung?«

Statt einer Antwort nahm er ihren Kopf zwischen seine Hände und verharrte einen Moment, bevor er sie küsste. Sonja ließ sich in diesem Kuss gefangen nehmen und bemerkte nur am Rande, dass ihr Kleid zu Boden fiel.

Hassan hielt inne und nahm sich Zeit, sie zu betrachten, wie sie nun nur noch mit ihren Strümpfen und den hohen Schuhen vor ihm stand.

»Aufregend, dein Outfit.« Seine dunklen Augen blitzten.

»Hilfst du mir trotzdem, es auszuziehen?« Sonja setzte sich mit geschlossenen Knien aufs Bett und schaute bittend zu ihm auf.

Nach kurzem Zögern hockte er sich vor sie und strich mit der Hand vom Knie abwärts zu ihrer Fessel.

»Bist du sicher? Du siehst wirklich aufregend aus.«

»Ich mag deine Haut lieber direkt spüren.« Dass sie sich gerade wie eine Prostituierte vorgekommen war, verschwieg sie ihm. Aufatmend folgte sie seinen Bewegungen, als er ihr den Schuh auszog. Mit einem prüfenden Gesichtsausdruck tastete er ihren Fuß ab, um dann eine Hand auf die Haut knapp oberhalb des Strumpfes zu legen.

Mit einem gemurmelten: »Du hast recht«, zog er ihr aufreizend langsam den ersten Strumpf herunter. Als dieser auf dem Boden lag, wartete Sonja atemlos, was er nun tun würde. Würde er ihre Schenkel öffnen, um an den anderen zu gelangen? Er hockte unmittelbar vor ihr.

Erleichtert spürte sie, wie er ihr einen Kuss außen auf das nackte Knie gab, während er ihr den anderen Strumpf auszog.

Er wollte es also wirklich langsam angehen lassen. Er streichelte ihre Unterschenkel und küsste wieder ihr Knie. Sie fuhr ihm durch die Haare. Sie waren dicht und weicher, als sie gedacht hatte. Schnuppernd fuhr er mit der Nase über ihr Bein und blickte dann zu ihr auf.

»Hilfst du mir?«

Lächelnd machte sie sich an seiner Fliege zu schaffen und knöpfte anschließend das Hemd auf.

Der Kontrast zwischen dem Weiß und seiner glatten braunen Haut faszinierte sie. Trainierte Muskeln zeichneten sich darunter ab und sein Duft stieg ihr nun intensiver in die Nase.

Sonja rutschte näher und drückte ihm kleine Küsse auf die glatte Haut seines Halses, während sie ihm das Hemd über die Schultern schob.

Kurzzeitig gefesselt, streichelte er ihr mit der Wange über das Haar. Als er das Hemd abgestreift hatte, legte er beide Hände an ihre Wangen.

»Ist das nicht unbequem für dich?« Sonja deutete auf ihn.

»Vor schönen Frauen gehe ich gern auf die Knie.«

Sie schmunzelte, noch mehr, als er schmerzlich das Gesicht verzog, beim Versuch, das Gewicht zu verlagern. Aufstehend reichte sie ihm die Hand, um ihm aufzuhelfen. Barfuß reichte sie ihm bis zum Kinn und hatte so die kleine Kuhle zwischen den Schlüsselbeinen genau vor Augen, in die sie einen Kuss hauchte. Hassan zuckte leicht zusammen, hielt der Kitzelei aber stand. Er wehrte sich, indem er sie fest in die Arme schloss.

So geborgen atmete Sonja tief durch. Sie strich mit den Händen über seinen glatten Rücken und freute sich, als sie spürte, wie sich die Rückenmuskeln unter ihren Fingern anspannten.

Hassan trat einen Schritt zurück. Er beobachtete, wie sie ihn streichelte. Sonja genoss das Gefühl seiner glatten Haut unter ihren Händen, kein Härchen war zu spüren und sie fragte sich, ob sein ganzer Körper gewachst sein würde. Ob es ihn störte, dass sie nicht enthaart war?

Aber er hatte nicht ablehnend reagiert, als er sie nackt erblickt hatte. Sie ließ ihre Finger unter seinen Hosenbund gleiten.

»Warte!«, sanft hielt er sie davon ab, den Knopf zu öffnen. »Vertraust du mir?«

Was für eine Frage. Sie kannte ihn kaum. Aber nach diesem ersten spontanen Gedanken bemerkte sie eine tiefe Ruhe in sich. Gegen jede Vernunft war da tatsächlich ein Gefühl des Vertrauens.

Hand in Hand standen sie voreinander und sahen sich an. Die Stille hatte nichts Bedrückendes.

»Ja, ich vertraue dir.«

Seine Reaktion, ein verhaltenes Lächeln, eigentlich nur eine kleine Bewegung der Mundwinkel, bestärkte sie in ihrem Gefühl. Sie ließ es zu, dass er ihre Hände an seinen Mund hob und küsste.

Er ging um sie herum und deckte das Bett auf.

»Bitte sehr.«

Fragend neigte Sonja ihren Kopf.

»Ich möchte dich anschauen, dich streicheln ... und ich möchte mir dabei Zeit lassen. Einfacher – und aufregender – ist es, wenn du dich auf das Bett legst und die Augen schließt.«

Wieder flackerte der Gedanke auf, dass sie ihn nicht kannte. Ihrer Intuition folgend, legte sie sich jedoch mitten auf das weiße Laken. Im ersten Moment fühlte sich der glatte Stoff kalt an, was ihr einen Schauer über die Haut jagte.

Hassan verfolgte jede ihrer Bewegungen und dann blitzte in seinem Blick etwas auf, das Sonja als Begeisterung deutete.

Noch einmal ließ sie seinen Gesichtsausdruck auf sich wirken und schloss dann die Augen. Unmittelbar verstärkten sich die anderen Sinneseindrücke. Das Laken war inzwischen aufgewärmt und nun nahm sie auch die behagliche Weichheit der Matratze wahr. Das Bettzeug duftete durch die erste Nacht, die er hier geschlafen hatte, nach ihm.

Noch immer war es still.

Hassan schien sich nicht bewegt zu haben. *Also betrachtet er mich noch,* dachte sie und zog unwillkürlich ein Knie leicht an. Sie lauschte konzentriert und nahm tatsächlich ein kaum hörbares Seufzen wahr. Als Nächstes spürte sie, wie sich die Matratze unter seinem Gewicht bewegte. Fast erschrak sie, als er ihre Hand ergriff. Er streichelte sie und hob sie hoch. Nach einem Kuss auf den Handrücken verharrte er in seiner Bewegung so nah über ihrer Haut, dass sie seinen Atem spüren konnte. Da er sich eine Weile nicht bewegte, stellte sie sich vor, er betrachte sie wieder.

Sie widerstand dem Impuls, die Augen zu öffnen und ihre Vermutung zu überprüfen. Sie konnte fühlen, wie sich seine Lippen zu einem Lächeln verzogen. Nie hätte sie sich vorstellen können, dass sie das Lächeln eines anderen spüren könnte. Dabei berührte er ihre Haut kaum. Wieder nahm sie einen sanften Kuss wahr, bevor sein Mund an ihrem Arm entlangglitt. Er küsste ihre Schulter und fuhr die Spur, die noch zu glühen schien, mit seiner Hand nach. Sie spürte seinen Atem an ihrer Haut, seine Nase, die langsam am Hals heraufstrich, bis zu ihrem Ohr. Obwohl es etwas kitzelte, als er in ihre Ohrmuschel blies, beherrschte sie sich.

Er küsste sie sanft auf den Mund, bevor er ihre Lippen mit seinem Finger nachzeichnete und der Linie ihres Kinns folgte. Sie spürte, dass er sich mit beiden Händen neben ihrem Kopf abstützte, sein Atem streifte ihr Gesicht, warm und sanft.

»Du bist schön.«

Obwohl er leise sprach, zuckte sie zusammen und öffnete ihre Augen. Sein Gesicht befand sich unmittelbar über ihrem und seine dunklen Augen ruhten auf ihr. Sie sah darin das Verlangen, das sie selbst spürte. Ihre eigene Ungeduld war jedoch verschwunden. Er hatte sie bisher geführt und sie vertraute darauf, dass er das weiterhin tun würde.

Auffordernd schloss sie wieder die Lider. Sie atmete so tief ein, dass ihre Brüste seine Arme streiften. Sein leises Lachen ließ auch sie lächeln.

»Du willst also weiterspielen? Glaubst du mir, dass ich sowas noch nie erlebt habe?«

»Was? Dass eine Frau in deinem Bett liegt?« Belustigt schlug sie die Augen auf und musterte sein Gesicht.

Wieder konnte sie sein Lachen spüren.

»Ich hätte mir nie träumen lassen, dass du dich einfach so ... dass du dich mir so überlässt.«

Er schien sein Erstaunen kaum in Worte fassen zu können.

»Nenn es Intuition. Ich fühle einfach, dass ich dir vertrauen kann.« Sie selbst hörte die Verwunderung darüber in ihrer Stimme mitklingen. Noch einmal schaute sie in an und zwinkerte dann. »Machst du nun weiter?«

»Wenn du möchtest«, sie spürte die Vibrationen seiner Worte an ihrer Seite und schloss wieder die Augen.

Er verweilte noch einen Augenblick, der sie atemlos machte. Alle Sinne waren geschärft, während sie wartete, was er als Nächstes tun würde. Je länger es dauerte, desto schwerer fiel ihr das Atmen.

Seine Hand glitt an ihrer Seite herunter bis zu ihrem Schenkel. Sie konnte es kaum erwarten, dass er sich ihrer Mitte nähern würde. Aber je mehr sie sich wünschte, seine Hand zwischen ihren Beinen zu spüren, desto weiter entfernte er sich wieder. Stattdessen verfolgte nun sein Mund von der Schulter zwischen ihren Brüsten hindurch den Weg bis zum Bauchnabel. Seine Zunge umkreiste diesen und machte sich auf den Weg in die richtige Richtung. Ein Kuss auf halbem Weg beendete jedoch die Aktion und sie spürte, wie er sich aufrichtete. Wieder dauerte es, bis eine Bewegung der Matratze anzeigte, dass er sein Gewicht verlagerte.

Bevor er sie berührte, spürte sie seine Wärme und seinen Atem auf ihrem Gesicht. Nach einem flüchtigen Nasenkuss glitten seine Lippen tiefer und sie erwiderte seinen Kuss. Ihre Zungen berührten sich, und als er sich zurückzog, folgte sie mit ihrer Zunge. Sie tastete seine Unterlippe ab und saugte sanft daran, aber er entzog sich ihr und zog eine Spur aus kleinen Küssen über ihr Kinn, über ihren Hals. Dieses Mal widmete er sich allerdings ihren Brüsten. Während er die eine schmeckte und mit der Zunge umkreiste, streichelte er die andere und Sonja hätte zu gern ihre Hände in seinen Haaren vergraben, wagte es aber nicht. So bog sie nur ihren Rücken, um ihm noch näher zu sein.

Es schien, als hätte er ihre Einladung verstanden, denn nun glitt seine Hand von ihrer Brust abwärts und fand endlich ihre Mitte.

Sanft und gleichzeitig zielstrebig erkundete er die Region, die längst feucht und bereit für ihn war.

»Komm zu mir.« Sie erkannte ihre eigene Stimme kaum, so leise und atemlos klang ihre Aufforderung in ihren Ohren.

Mit einem festen Kuss zwischen ihre Brüste erhob er sich, wie sie anhand der Bewegungen des Bettes vermutete, und sie öffnete die Augen.

Neben dem Bett stehend entledigte er sich seiner letzten Kleidungsstücke. Er war tatsächlich am ganzen Körper haarlos, und Sonja hätte am liebsten selbst gefühlt, wie glatt die Haut seiner Lenden war.

Sonja genoss jede seiner Bewegungen. Die Muskeln zeichneten sich klar unter seiner Haut ab, ohne übertrieben zu wirken. Er wirkte dynamisch auf sie, als wisse er genau, was er wollte.

Kurz wandte er sich ab, um ein Kondom aus dem Nachttisch zu holen, das er routiniert überstreifte.

»Du schummelst«, zog er sie auf.

»Wie hätte ich mir den Anblick entgehen lassen können? Ich war schließlich ziemlich im Hintertreffen, was deine ... Anatomie angeht.« Kurz ließ sie ihren Blick wandern, um anzudeuten, was genau sie meinte.

»Ich hoffe, ich enttäusche deine Erwartungen nicht?«

»Ausstattung ist das eine, wichtiger ist, ob du damit umgehen kannst.« Sie grinste frech zu ihm hinauf.

»Die Herausforderung nehme ich gern an.«

Als er sich neben sie legte, fand ihre Hand wie von selbst seine glatte Haut, während sie ihn küsste.

Alles auf Anfang

Noch vor dem Morgengrauen wurde Sonja wach. Geborgen in Hassans Umarmung, genoss sie die Nähe noch einen Moment und spürte dem Beben nach, das er in dieser Nacht gleich mehrfach in ihr ausgelöst hatte. Bedauernd löste sie sich von ihm und stand leise auf.

Während sie ihre Sachen zusammensuchte, schaute sie immer wieder zu ihm, der entspannt auf der Seite schlief, ohne sich zu rühren.

Erst als sie sich angezogen hatte, nahm sie sich Zeit, sein Gesicht noch einmal zu betrachten. Seine Züge waren weich, jetzt, wo er entspannt dalag. Trotzdem wusste sie um seine Tatkraft, konnte seine Entschlossenheit erahnen. Der Schatten eines nachwachsenden Bartes verdunkelte Kinn und Wangen und stand ihm ausgesprochen gut. Mühsam widerstand sie dem Impuls, noch einmal durch seine verwuschelten Haare zu streichen. Wenn sie ihn berührte, würde sie gewiss nicht gehen, und so drehte sie sich entschlossen um und schlich zur Tür.

Zurück in ihrem Zimmer wechselte sie zügig die Kleidung und packte. Die Uhr zeigte inzwischen fünf Uhr und sie ließ einen letzten Blick durch den Raum schweifen. Die Einrichtung entsprach genau der in Hassans Raum und beim Anblick des unberührten Bettes hier, machte sich ein wohliges Summen in ihrem Leib bemerkbar.

Die Erinnerung an seine Berührungen war ihr noch gegenwärtig, schwang in ihrem Inneren nach.

Als sie sich seufzen hörte, schüttelte sie den Kopf. Das Wochenende war zu Ende. Es war schöner gewesen, als sie zu träumen gewagt hätte, aber jetzt musste sie sich wieder ihrem Leben stellen.

Sie checkte aus und verließ mit festen Schritten das Hotel.

Noch war die Stadt ruhig. Nur vereinzelt begegneten ihr Menschen auf dem Weg zum Bahnhof.

Auch der ICE nach Köln war nur mäßig besetzt. Sonja war es recht, so konnte sie in Ruhe ihren Gedanken nachhängen. Das Geld zu gewinnen, wäre ein Traum gewesen. Nicht nur die Schulden wären mit einem Schlag erledigt, sie hätte sich mit der anderen Hälfte einen Neuanfang gestalten können. Stattdessen hatte sie ein Wochenende im Luxus verbracht, den Spabereich des Hotels genutzt und sich die von allem Ärger verspannten Knochen lockern lassen. Das Dinner war wundervoll gewesen – und Hassan. Immer wieder kamen ihre Gedanken bei Hassan an. Sie sah seine Augen vor sich, sein markantes Kinn und die kleinen Grübchen, die sich neben seinem lächelnden Mund abzeichneten und die den Ausdruck seines liebevollen Spotts abmilderten. Seine Hände, die kraftvoll und doch so zärtlich sein konnten, sein Körper ...

»Die Fahrkarten bitte.«

Unsanft wurde Sonja aus ihren Träumereien gerissen und kramte in ihrem Gepäck nach dem Fahrschein. Trug der Kontrolleur etwa das gleiche Aftershave, wie Hassan?

Sie schnupperte unauffällig und tatsächlich, es war der gleiche Duft, auch wenn er an diesem Mann vor ihr eine vollkommen andere Wirkung erzielte. Anscheinend hatte er ihr Interesse an ihm bemerkt, denn er zwinkerte ihr zu, als er ihr die Karte zurückgab.

»Gute Fahrt«, wünschte er ihr und wandte sich dann dem nächsten Fahrgast zu.

Sonja grinste und musste insgeheim zugeben, dass sich in der Uniformhose ein knackiger Po abzeichnete. Entschlossen verstaute sie den Fahrschein wieder in ihrem Gepäck, und als sie aufschaute, hatte er den Waggon verlassen.

Ein Hauch des Aftershaves blieb zurück und beflügelte Sonjas Tagträume. Noch immer war sie beeindruckt von Hassans Zärtlichkeit und seiner Ausdauer. Nie zuvor hatte sie Ähnliches erlebt, schon gar nicht in der letzten Zeit ihrer Beziehung.

Dominant schob sich der Gedanke an den Scheidungstermin in drei Tagen in ihr Bewusstsein und mit ihm das Bild ihres Ex. Zweimal war er nicht erschienen, hatte so das Verfahren verzögert. Stattdessen hatte sie immer wieder Post ihrer Anwältin erhalten und auf diesem Weg vom wachsenden Schuldenberg erfahren. Seufzend ließ sie sich in die Polster sinken. Immerhin wäre dieses Kapitel ihres Lebens damit abgehakt, na ja, fast abgehakt.

Im Prinzip war es ja auch eine gute Idee gewesen, gemeinsam eine Wohnung zu kaufen. Wie der Bankberater gesagt hatte, konnte man diese in einer Stadt wie Köln immer veräußern. Da Nick nicht auffindbar war, war die Wohnung zwangsversteigert worden und hatte glücklicherweise fast ihren Marktwert erbracht.

Am Ende waren noch Gerichts- und Bearbeitungsgebühren übriggeblieben. Als gemeinsame Schuldner hatte sie diese Kosten nun an den Hacken. Wenn sie die Kredite für zusammen Angeschafftes hinzurechnete, die Heimkinoanlage, die er hatte verschwinden lassen, das Auto, das angeblich gestohlen worden war, dann kamen gut und gern dreißigtausend Euro zusammen. Geld, für das sie nun allein geradestehen musste. Dass das Auto gestohlen war, glaubte sie ebenso wenig, wie die Versicherung. Dass er die Kaskoversicherung erst gar nicht abgeschlossen und das Geld dafür verspielt hatte, war eine der Informationen, die sie erst nach der Trennung bekommen hatte. Mistkerl.

In Köln angekommen, erwartete Marie sie, um sie abzuholen.

Sonja hatte bereits getextet, dass sie nicht gewonnen hatte, und Marie hielt sich mit Fragen zurück. Sonja erwähnte mit keinem Wort, was sie in der vergangenen Nacht erlebt hatte.

In ihrer Wohnung wurde sie von der Gemütlichkeit der Umzugskartons empfangen, verbunden mit dem ungelösten Problem, wohin sie zum nächsten Ersten umziehen sollte.

Trotzdem lud sie Marie zum Tee ein, die auch damit gerechnet haben musste, zauberte sie doch vom Rücksitz einen Blatz hervor.

Während sie gemeinsam Tee und das süße Weißbrot genossen, entwickelte sich in Sonjas Hirn ein Plan. Das Spielen hatte auch gute Erinnerungen an alte Zeiten geweckt und an einen Bekannten, bei dem sie noch etwas gut hatte. Traute sie sich zu, als Croupier in einer Spielbank zu arbeiten?

Mit Karten konnte sie umgehen, die Regeln kannte sie auch zur Genüge und für den Rest gab es Kurse, wie sie wusste.

»Was hältst du davon, wenn ich als Croupier nach Aachen ziehe?«

Marie verschluckte sich an ihrem Brot. »Wie bitte?«

»Ich muss hier raus und in Köln eine bezahlbare Bleibe zu finden, ist fast unmöglich. Ein alter Bekannter ist Geschäftsführer der Spielbank in Aachen und der schuldet mir noch einen Gefallen.«

Als Marie sie mit großen Augen anstarrte, fügte sie hinzu: »Es ist doch nicht weit weg, nur eine Stunde mit der Bahn oder mit deinem Auto.«

»Wenn mal ausnahmsweise kein Stau auf der A4 ist.« Marie zog einen Flunsch.

Sonja hatte schon ihr Smartphone gezückt und durchforstete ihre alten Kontakte. Nur gut, dass sie nicht alles gelöscht hatte, so wie es ihr nach der Trennung jemand empfohlen hatte. Da war der Eintrag. Benno Neuhaus, ein ehemals guter gemeinsamer Freund, der sich zurückgezogen hatte, als sie ihm von Nicks Spielschulden berichtet hatte.

Kurzentschlossen ließ sie ihr Phone die Nummer wählen.

»Hallo, Benno, hier ist Sonja«, atemlos wartete sie die Reaktion am anderen Ende ab. »Nein, ich bin dir nicht böse, dass du dich nicht gemeldet hast. Bei dem Mist, den Nick gebaut hat, kann ich das gut verstehen. In drei Tagen werden wir übrigens geschieden. Ich habe nur noch über meine Anwältin Kontakt zu ihm.«

Nachdem die grundsätzlichen Positionen somit geklärt waren, traute sich Sonja, ihr eigentliches Anliegen vorzubringen. »Benno, ist es möglich, bei euch einen Lehrgang zu machen, um dann als Croupier anzufangen? – Ja? – Gleich nächste Woche, das trifft sich ja gut. Und die Kosten? – Okay, passt es dir, wenn wir uns morgen treffen, vielleicht zum Mittagessen, dann können wir über alles sprechen.«

Nach dem Auflegen schaute sie Marie an. »Morgen habe ich ein Date.«

»Date? Ich dachte, du willst erst einmal nichts mehr mit Männern zu tun haben?«

»Oh, da besteht keine Gefahr, Benno stand immer mehr auf Nick, wenn du verstehst«, sie schmunzelte. »Ich denke, dass ich ihn dazu bringen kann, mich in seinem Kasino anzustellen. Jetzt schau nicht so bedröppelt. Aachen ist gleich um die Ecke.«

Neustart

Mit einer gehörigen Portion Herzklopfen machte sich Sonja am nächsten Vormittag mit dem Zug nach Aachen auf, dem *Schöner Tag Ticket* sei Dank, konnte sie alle Nahverkehrsmittel nutzen und beschloss, die Fahrt zu genießen. Wie sie Benno einschätzte, würde er es sich nicht nehmen lassen, sie zum Essen einzuladen, was ihre Reisekasse schonen würde. Wenn sie sich einigten, könnte sie am Nachmittag bereits nach einer Wohnung suchen.

Wie vereinbart, stand sie also Punkt zwölf am Haupteingang des Casinos und wartete. Zwei Minuten später kam Benno heraus und mit ausgebreiteten Armen auf sie zu. Nach Umarmung und Begrüßungsküsschen rechts und links nahm er sich Zeit, sie zu mustern.

»Gibt es schon einen neuen Mann in deinem Leben?«

»Was? Nein! Erst einmal muss ich diese Ehe hinter mich bringen. Nick hat mir den letzten Nerv geraubt, da fange ich nicht gleich etwas Neues an.« Trotzdem konnte sie nicht vermeiden, dass ihre Wangen heiß wurden. Zum Glück ging er aber nicht weiter darauf ein.

Wie Sonja vermutet hatte, fuhr Benno sie mit seinem Porsche zu einem besseren Restaurant in der Stadt und stellte gleich klar, dass sie natürlich eingeladen war.

Als sie bestellt hatten, musterte Benno sie ein zweites Mal. »Was hast du auf dem Herzen?«

Sonja erzählte von dem Blackjack-Wochenende, wobei sie gedanklich einen großen Bogen um Hassan schlug, und davon, dass sie gern als Croupier arbeiten würde.

»Wenn ich dich richtig verstanden habe, hast du Schulden?«

»Nicks Schulden, ja ... leider. Ist das ein Problem?«

»Croupiers mit Schulden, das ist eigentlich ein Ding der Unmöglichkeit. Aber natürlich weiß ich, dass du noch etwas bei mir gut hast.« Er überlegte eine Weile. »Mach den Kurs. Ich werde eine Möglichkeit finden.«

Beim Essen sprachen sie über die gemeinsamen Zeiten und Sonja berichtete, wie Nick mehrfach ihre Scheidung aufgeschoben hatte. Seine Machenschaften deutete sie lediglich an, aber das genügte, Benno ein: »Was für ein Schwein!«, zu entlocken. Spätestens jetzt war sie sicher, dass er ihr helfen würde, obwohl er immer eine Schwäche für ihren Ex gehabt hatte.

»Wo darf ich dich absetzen?«

Nach dem Essen saßen sie wieder im Auto, und Benno sah sie auffordernd an.

»Ich möchte nach einer neuen Wohnung suchen. Hast du einen Tipp, wo ich eine möglichst günstige Bleibe finden kann?«

»Darf's auch ein Zimmer sein? In der Nähe des Kasinos ... Aber das kommt wohl nicht in Frage.«

»Darf ich das selbst entscheiden?«

Er zögerte einen Moment. »Es ist ein katholisches Frauenwohnheim. Die Zimmer sollen recht geräumig sein, Dusche und WC auf dem Flur. Dafür ist es unerreichbar günstig. – Wenn es das ist, worauf du Wert legst.«

»Muss ich die Messe besuchen?«

»Das weiß ich nicht. Meine Schwester hat zwar mal eine Weile dort gewohnt, aber sie hat es nicht lange ausgehalten. Die Hausregeln verbieten Herrenbesuch, um nur ein Problem zu nennen.«

»Damit habe ich kein Problem. Momentan ist mir nicht nach einer neuen Beziehung. Ich bin noch viel zu sehr damit beschäftigt, die Schäden dieser Ehe zu beseitigen.«

Benno legte ihr seine Hand auf den Arm. »Wenn du Hilfe brauchst, lass es mich wissen.«

»Du hilfst mir doch gerade.« Dankbar legte sie ihre eigene Hand auf seine und drückte diese kurz.

»Dann setze ich dich am Wohnheim ab.«

Nach kurzer Fahrt hielt er vor einem unscheinbaren vierstöckigen Haus aus den Siebzigern.

Nach dem Abschied und seiner Zusicherung, er würde ihr die genauen Konditionen des Lehrgangs mailen, stand sie vor der Eingangstür, neben der zwanzig Klingeln angebracht waren.

Sonja las die Namen und entschied dann, unten zu schellen.

»Ja?«, quakte es kurz darauf aus dem Lautsprecher.

»Hallo, mein Name ist Sonja Reinhard. Ich suche nach einem Zimmer.«

»Ich komme.«

Erstaunt hob sie den Kopf. Hatte sie zufällig die richtige Klingel erwischt? Kurz darauf wurde die Tür geöffnet. Eine etwa fünfzigjährige Frau mit streng zurückgekämmten Haaren stand im Eingang. Bekleidet mit Rock und weißer Bluse, wirkte sie auf den ersten Blick etwas weltfremd.

Sonja ließ die Musterung über sich ergehen und freute sich über das Lächeln im Gesicht der anderen, als diese ihr die Hand reichte.

»Guten Tag, ich bin Schwester Marlies. Wie haben Sie zu uns gefunden?«

»Mein zukünftiger Chef hat mir dieses Haus empfohlen.« Sonja vermutete, dass das besser klang als Bekannter.

»Ach ja? Wo werden Sie denn arbeiten? Aber kommen Sie doch zunächst hinein.« Schwester Marlies machte den Weg frei und deutete gleichzeitig auf ein kleines Büro zu ihrer Linken. Die Wände waren mit weißer Raufasertapete bedeckt, an der Wand hing ein Kruzifix, aber keine Bilder. Regale und ein alter Rollladenschrank komplettierten den kargen Raum.

Als beide saßen, die Schwester hinter ihrem Schreibtisch, von dem Sonja sie augenscheinlich aufgescheucht hatte, und Sonja selbst auf einem klapprigen Besucherstuhl davor, sprach sie weiter: »Also, wo werden Sie in Zukunft arbeiten?«

Das war jetzt vermutlich nicht das sicherste Terrain, aber Offenheit war wohl die beste Strategie.

»Benno Neuhaus hat mir zugesagt, dass ich nach meinem Lehrgang als Croupier im Kasino anfangen kann. Daher suche ich für meinen Umzug von Köln hierher möglichst schnell eine Bleibe.«

»Herr Neuhaus? Hat er erwähnt, dass es strikte Regeln in diesem Haus gibt?«

»Er hat so etwas angedeutet, und wenn ich ehrlich sein soll, ist mir eine männerfreie Zone ganz recht.

Übermorgen werde ich geschieden und, na ja, sagen wir, dass ich mir vorläufig keine neue Beziehung vorstellen kann.«

Ihr Gegenüber nickte bedächtig. »Wir nehmen hier oft Frauen in ähnlicher Situation auf. Besteht die Gefahr, dass Ihr Ex-Mann hier auftaucht?«

»Nein, er kommt nicht mal zum Gericht. Wir haben jetzt den dritten Termin.«

»Nun, dann zeige ich Ihnen mal das Zimmer.«

Sonja konnte das Tempo kaum fassen und fand sich kurz darauf in einem fast quadratischen Raum wieder. Eine einfache Couch stand darin, die sich zu einem Bett umbauen ließ. Schrank, Tisch und Regal waren zu sehen, und das Fenster ging offensichtlich zur Straße. Bad und WC würde sie sich mit vier weiteren Frauen teilen, ein Waschbecken entdeckte Sonja hinter der Tür.

»Wir haben eine gemeinsame Küche im Erdgeschoss, mit angeschlossenem Gemeinschaftsraum.« Nach dem ausführlichen Rundgang besprachen sie die Details im Büro.

Als Sonja eine halbe Stunde später mit einem Mietvertrag in der Tasche vor das Haus trat, konnte sie es kaum fassen. Der Preis für das Zimmer war geradezu lächerlich im Vergleich zu Kölner Mietpreisen. Einiges müsste sie unterstellen, aber das hatte Marie ihr bereits zugesagt.

Jetzt konnte sie ihre Zukunft in die Hand nehmen.

Nur eine Woche später verstaute Sonja mit Maries Hilfe ihre Sachen in ihrem neuen Zimmer in Aachen.

Die Wohnung in Köln war geräumt und übergeben, der Scheidungstermin überstanden, und mit einiger Genugtuung trug Sonja nun ein *S. Müller* auf ihrem Klingelschild ein.

»Gehen wir noch etwas essen?« Marie mochte wohl noch nicht wieder fahren.

»Vielleicht sollten wir mal die Umgebung erkunden? Wir könnten auch den Supermarkt an der Ecke besuchen und uns dann was machen.«

»Schulden hin oder her, aber heute Abend möchte ich mit dir essen gehen.«

Sonja seufzte. Sich von Benno einladen zu lassen, war das eine, aber von Marie?

»Unser letzter gemeinsamer Abend.« Marie schob die Unterlippe vor und ließ sie theatralisch zittern.

Sonja zog die Freundin in ihre Arme.

»Na los, sonst muss ich noch richtig heulen«, befreite sich diese nach einem kurzen Moment, nahm ihre Handtasche und ging zur Tür.

Sonja schnappte sich ihren Zimmerschlüssel und folgte ihr.

Auf der Straße schauten sie sich um. Mit einem: »Da lang!«, gab Marie die Richtung vor und eingehakt schlenderten sie den Bürgersteig entlang. Gleich an der nächsten Ecke fanden sie ein kleines italienisches Ristorante. Ein Blick nach innen zeigte eine Handvoll Tische. Allerdings gab es keine Karte.

Ohne zu zögern, betrat Marie die Gaststätte, so dass Sonja nichts anderes übrig blieb, als ihr zu folgen.

»Buongiorno, Signora!«, wurde Marie begrüßt, die sogleich erfolgreich auf Italienisch einen Tisch für sie orderte.

Dem Wortwechsel zu folgen, gelang Sonja zwar nicht, aber sie verstand, als sie zu einem kleinen Tisch am Fenster geführt wurden.

Ihre Freundin schwärmte: »Das ist ein Glücksgriff! Echt italienische Küche, frisch zubereitet, wie in den kleinen Landgaststätten in Italien.«

Sonja freute sich einfach, dass Maries Laune sich so sprunghaft verbessert hatte.

Das Essen war tatsächlich fantastisch und das schlechte Gewissen ob der Einladung wuchs. Der Chef kam immer wieder an ihren Tisch, flirtete mit Marie und fragte nach ihren Wünschen.

Luigi, wie ihn die Kundschaft nannte, hatte ihnen verraten, dass er eigentlich Marco hieß. Im Gegenzug wusste er, dass Sonja in der Nähe eingezogen war, und Marie sie sicher oft besuchen würde.

Dann war der Moment des Abschieds da. Die Frauen standen vor Maries Auto.

»Danke, dass du mir geholfen hast. Eigentlich hätte ich dich heute einladen müssen, als Dankeschön für den Fahrdienst, das Asyl für meine Sachen, das Händchenhalten im Gericht.«

»Jetzt hör schon auf! Dafür sind Freundinnen da.« Marie unterbrach sie resolut und nahm sie fest in die Arme. »Außerdem hatten wir einen wunderschönen Abend, ich habe eine neue Telefonnummer und das Essen war super und günstig, das musst du zugeben.«

Widerwillig nickte Sonja.

Sie winkte ihrer Freundin hinterher, bis das Auto ihrem Blickfeld entschwand.

Die vierwöchige Ausbildung zum Croupier am Blackjack-Tisch absolvierte Sonja vergleichsweise leicht.

Sie kannte das Spiel, hatte ein gutes Gedächtnis, auch und gerade für Zahlen, und sie hatte früher schon spaßeshalber viel mit den Jetons geübt.

So ging ihr das Stapeln und Verschieben der Spielsteine leicht von der Hand. Andere in ihrem Kurs taten sich da schwerer.

Nach dem erfolgreichen Abschluss wurden die Absolventen zur Einkleidung eingeladen: weiße Bluse, Weste und dunkle Hose. Schwarze glänzende Schuhe rundeten das Erscheinungsbild ab, und plötzlich wirkten die Kursteilnehmer wie alte Hasen.

Kleider machen Leute, schoss es Sonja durch den Kopf. Sie schaute ernst in den Spiegel und erntete für ihren Ausdruck gleich ein Lob des Ausbildungsleiters, der sich anschließend noch einmal über Auftreten und Umgangsformen ausließ.

Am folgenden Samstag war dann ihr erster Arbeitstag. Übergangsweise wurde sie einem erfahrenen Croupier zugeteilt, der sie zunächst Jetons stapeln ließ.

In einer ruhigen Phase löste sie ihn beim Geben der Karten ab, und als nach einer Stunde Benno vorbeischaute, unterhielten sich die Männer leise und Benno machte sich mit zufriedener Miene auf zum Nachbartisch.

Sonja war klar, dass die beiden über sie gesprochen hatten, und war neugierig. Auf ihren Blick bekam sie zunächst ein beruhigendes Lächeln geschenkt, und als kein Spieler am Tisch war, trat der andere auf sie zu.

»Ich habe vorgeschlagen, dich allein arbeiten zu lassen. Du kennst die Abläufe, hast die richtige Ausstrahlung und bist ja kein Küken mehr, wie die anderen, die aus dem kleinen Kurs zu uns kommen.«

»Aus dem kleinen Kurs?«

»Du machst doch nur Blackjack, oder? Die komplette Ausbildung umfasst ja noch den Roulettetisch und Poker. Ich würde sagen, bei dir läuft's.«

Sonja freute sich über die Einschätzung und machte einfach weiter, als die nächsten Spieler kamen. Ihr Partner suchte sich eine andere Betätigung, wobei sie sich sicher war, dass sie noch unter Beobachtung stand. Nach einer Stunde kam eine Ablösung und sie wurde zu einem Gespräch gebeten.

Ihr Ausbilder fragte, wie es gewesen sei, und nickte bestätigend, als sie angab, keine Probleme gehabt zu haben. Anscheinend hatte er schon mit ihrem Partner gesprochen, denn nach einer kurzen Unterredung schickte er sie zu einem anderen Tisch.

Mit einem riesigen Hochgefühl verließ Sonja nach ihrem ersten Tag das Kasino.

Die Konzentration war ihr leichtgefallen, der respektvolle Umgang, die Atmosphäre im Saal, all das euphorisierte sie, so dass sie beschwingt zu ihrem Fahrrad ging, um zurück zu ihrem Zimmer zu fahren.

Spurensuche

»Guten Tag, darf ich Ihnen eine Frage stellen?«
»Wat wollen Se denn wissen?« Die ältere Dame, die sich gerade anschickte, die Haustür aufzuschließen, klang misstrauisch.

»Ich bin auf der Suche nach Sonja Reinhard.«

Nun wandte sich die Frau ihm zu, um ihn kritisch zu mustern.

Hassan nahm wahr, dass seine Erscheinung die Frau zu verwirren schien. Er konnte förmlich sehen, wie sie seine Kleidung, Haltung und die Tatsache, dass er Ausländer war, bewertete.

»Wat wollen Se denn von der Frau Reinhard?« Anscheinend hatte die Musterung nicht nur Minuspunkte ergeben. Der Ton war nun distanziert, aber nicht mehr nur misstrauisch. Er meinte sogar, ein neugieriges Aufblitzen in den Augen gesehen zu haben.

»Entschuldigung, mein Name ist Hassan Djamali und ich habe bereits mehrfach bei Sonja geklingelt, sie aber nie angetroffen. Können Sie mir vielleicht sagen, wann ich sie erreichen kann? Ich hoffe doch, dass ihr nichts zugestoßen ist.«

»Woher, hatten Se jesaat, kennen Se de Frau Reinhard?« Der rheinische Singsang der Frau vertiefte sich, wobei Hassan sich insgeheim über die Mischung aus Kölsch und bemüht hochdeutscher Aussprache des *Frau Reinhard* amüsierte.

Auch bemerkte er die zunehmende Neugierde der Frau, die ihre Vorsicht in den Hintergrund zu schieben schien.

»Wir haben uns in Frankfurt kennengelernt und ich wollte sie gern besuchen.«

»Un do kommen Se extra us Frankfurt hierher?«

»Ja und leider schon zum wiederholten Mal vergeblich.« Vielleicht half es, an ihr Mitgefühl zu appellieren.

»So jood können Se de Frau Reinhard äwwer nit kenne, wenn Se nit wisse, dat se umjezoren ess.«

Nun stand wieder deutliches Misstrauen im Blick der Dame. Hassan brauchte einen Moment, bis er den Satz begriff.

»Sonja ist weggezogen?«

»Ja, äwwer isch kann Ihne nit saaren, wohin.« Mit diesen Worten schloss die Frau resolut die Haustür auf und ließ ihn stehen.

Umgezogen. Hassan blickte frustriert auf die Tür, die nachdrücklich ins Schloss gedrückt wurde. Endlich hatte er mühsam die Adresse herausbekommen und dann das. Den Teil der Aussage zog er nicht in Zweifel, auch wenn er sich nicht sicher war, dass sie wirklich nicht wusste, wohin Sonja gezogen war. Wenn sie es wusste, würde sie es ihm nicht sagen, so abrupt wie sie das Gespräch beendet hatte. Irgendwie musste doch herauszufinden sein, wo Sonja nun wohnte.

Nachdenklich ging er zu seinem Auto zurück.

Statt den Motor zu starten, legte er die Stirn auf das Lenkrad und kämpfte mühsam gegen seine Enttäuschung an.

Als er in Frankfurt erwacht war, war das Bett neben ihm leer gewesen.

Selbst jetzt, einige Wochen später schmerzte die Erinnerung. Er hatte in Erfahrung bringen können, dass sie in aller Frühe ausgecheckt hatte. Aber warum?

Ohne, dass er es wollte, schlichen sich die Bilder der Nacht mir ihr wieder in sein Bewusstsein.

Wieder sah er sie in seinem Bett liegen, während er neben ihr stand. Ohne Scheu hatte sie ihn gemustert und auch für ihn war es unbedeutend, sich nackt ihren Blicken zu präsentieren. Im Gegenteil hatte es seine Erregung gesteigert, dass ihr offensichtlich gefiel, was sie sah.

Dann hatte sie ihre Augen geschlossen und sich dem anvertraut, was er tun würde. Ohne eine Frage, ohne Zweifel hatte sie ihn erwartet und willkommen geheißen.

Noch einmal durchlebte er den Moment, als er sich wieder zu ihr legte.

»Nicht gucken heißt nicht, dass du dich nicht bewegen darfst«, raunte er ihr ins Ohr. Sie wandte darauf ihren Kopf zu ihm, strich mit ihrer Wange über seinen Mund und fasste in seine Haare. Er ließ sich bereitwillig von ihr herunterziehen, bis sich ihre Lippen in einem innigen Kuss berührten. Sie zu küssen war wundervoll aufregend. Er schmeckte noch einen Hauch des Whiskys auf ihren Lippen, feinen Rauch, der sich in das samtige Erlebnis mischte.

Als er die Augen wieder aufschlug, sah er, dass sie ihre noch immer geschlossen hielt. Ihre Hand tastete über sein Gesicht und fuhr die Linie seines Mundes nach. Er spitzte die Lippen und nahm ihren Zeigefinger in den Mund. Sacht knabbernd empfing er sie mit seiner Zunge.

Sie lächelte mit geschlossenen Augen und er beobachtete sie, während er ihren Finger ganz umschloss. Mit einem Seufzen entzog sie ihm ihre Hand und tastete sich am Hals entlang zu seiner Brust und dann tiefer. Hassan stützte sich auf seine Ellbogen hoch.

»Komm zu mir«, raunte sie, und er kam ihrer Aufforderung nur zu gern nach.

Auf seine Hände gestützt, lag er zwischen ihren Beinen und bat: »Schau mich an.«

Sie schlug die Augen auf und vollkommen unvorbereitet traf ihn ihr Blick, hielt seinen mit einer Intensität, die ihm den Atem raubte. Das Grau ihrer Iris schien ihm noch dunkler zu sein und erinnerte ihn an sturmumtostes Meer. Es fühlte sich an, als sähe sie direkt in seine Seele.

Sie regte sich unter ihm, hob ihm ihr Becken entgegen und im Bann ihres Blickes drang er in sie ein. Sie schlang ihre Beine um ihn. Tiefer und tiefer wurde er eins mit ihr, bis sie sich im Einklang bewegten. Ihr Atem ging schwer und sie seufzte leise bei jedem Stoß. Im Moment ihres Orgasmus schloss sie die Augen und klammerte sich an ihn. Er spürte, wie sich die Muskeln in ihrem Schoß anspannten, seinen Penis festhielten. Bei jeder Bewegung erschauerte sie und beim nächsten Stoß folgte er ihr.

Nur kurz genoss er das Gefühl der Ruhe nach dem Sturm, dann tastete seine Hand zwischen sie und er zog sich zurück. Wieder seufzte sie und drehte sich zu ihm, als er sich neben sie legte. Noch schwer atmend, spürte er ihre Küsse auf seiner Schulter und als ihr Mund über seine Brust glitt, zuckte er zusammen.

Sie kuschelte ihren Kopf auf seine Brust und lauschte seinem Herzschlag, bis der sich wieder beruhigt hatte.

Mit brennenden Augen lehnte sich Hassan im Autositz zurück. Sooft er auch die Nacht mit ihr in seiner Erinnerung wieder aufleben ließ, er fand keinen Grund und auch keinen Hinweis für ihre Flucht. Was hatte er getan, dass sie ohne ein Wort der Erklärung einfach gegangen war?

Entspannung

»Hast du am Wochenende frei?« Marie hielt sich nicht erst mit einer allgemeinen Frage auf.

Sonja schmunzelte: »Schön, dass es dir gutgeht. Mir geht es auch gut und ja, ich habe am Wochenende frei. Weshalb fragst du?«

»Weil ich dich besuchen komme und unser Programm geplant habe.«

»Ach, du hast unser Programm geplant? Lass mich raten: Kommt ein gewisser Marco darin vor?«

»Na, essen muss der Mensch ja schließlich auch, oder? Also du hältst dir den Samstag frei und ich bin um zehn bei dir.«

Die Bestätigung kaum abwartend, hatte Marie das Gespräch bereits beendet.

So früh? Dann konnte Marie nicht nur zum Essen kommen. *Luigis Trattoria* öffnete erst nachmittags. Ob Marie einen Ausflug in die Eifel geplant hatte? Früher waren sie öfter wandern und hatten sich von Köln aus gemeinsam ins Bergische Land aufgemacht. Oder ob sie die Stadt besichtigen wollte? Aachen hatte einige schöne Ecken, auch wenn Sonjas Zeit noch nicht dazu gereicht hatte, diese näher zu begutachten.

Ich werde schon erfahren, was sie vorhat, sagte sie sich.

Die nahegelegene Kirchturmuhr schlug gerade zehn, als es klingelte. Sonja bemühte nicht erst die Gegensprechanlage, sondern drückte gleich den Türsummer.

»Guten Morgen!«

Nach Umarmung und Küsschen fühlte sich Sonja kritisch gemustert. Ein zufriedenes Nicken beendete die Begutachtung.

»Gut schaust du aus und jetzt musst du packen: Badesachen, Bademantel, Saunatuch und was man sonst so braucht.«

»Wo braucht?«

»In der Sauna natürlich. Oder dachtest du, wir gehen mit einem Saunatuch shoppen?«

»Und das Badezeug? Außerdem ist es noch etwas früh für die Sauna, oder?«

»Nicht wenn wir baden gehen. Bevor du vor Neugierde platzt, verrate ich dir meinen Plan: Wir werden in die *Carolus Thermen* gehen, baden, saunieren und für heute Abend habe ich bei Luigi einen Tisch bestellt.«

Etwas unwohl zögerte Sonja. Weder wollte sie selbst so viel Geld ausgeben, noch auf Maries Kosten den Tag verbringen.

»Marie, ich weiß nicht so recht. Sollen wir nicht …«

»Nein. Wie feiern heute den Beginn deines neuen Lebens. Du hast deinen Kurs bestanden – und ich will in die Sauna. Punkt.«

Sie ließ sich nicht davon abbringen und ergeben packte Sonja ihre Sachen zusammen. Nur knapp eine Viertelstunde später verließen sie das Haus und stiegen in Maries Auto.

Nach kurzer Fahrt durch den Nieselregen ging es ins Parkhaus, so dass die beiden Frauen trockenen Fußes den Eingang der Thermen erreichten. Beim Blick auf die Preise zwickte Sonja noch einmal das schlechte Gewissen, aber dann schob sie alle Bedenken beiseite und freute sich auf den Tag.

Im Umkleideraum zogen sie die Badeanzüge an und verstauten ihr weiteres Gepäck zunächst in einem der Spinde. Sonja schaute auf den Lageplan. »Willst du drinnen oder draußen baden?« Aufgrund des Regens entschieden sie, drinnen zu beginnen. Sie betraten einen hohen und hellen Raum, Säulen trugen die Empore über ihnen und das Dach, eine große Fensterfront bestätigte ihre Entscheidung, nicht im Regen hinauszugehen. Sonja gefiel die Einrichtung aus Naturstein und weißen Fliesen. Vorsichtig, um nicht auszurutschen, ging sie voran, die Treppe hinunter in ein großes Becken. Das Wasser war angenehm warm, eigentlich zu warm, um ernsthaft zu schwimmen, aber dafür reichte der Platz ohnehin nicht aus. Trotzdem schwamm sie einige Züge von Marie fort, das leise Plätschern des Wassers im Ohr.

Eine Stunde im Bad und zwei Saunagänge später lagen Sie entspannt auf der Sonnenterrasse und dämmerten vor sich hin. Der Regen hatte sich verzogen und die Frühlingssonne schien warm vom blauen Himmel herab.

Im Halbschlaf erinnerte sich Sonja an Hassan, wie er schlafend im Bett gelegen hatte, die Haare verwuschelt und das Gesicht entspannt. Was wäre wohl geschehen, wenn sie nicht gegangen wäre? Wie im Traum sah sie, wie sie wieder auf das Bett zuging und durch seine Haare strich, vorsichtig, um ihn nicht zu wecken. Dann legte sie sich zu ihm unter die Decke. Ihr Körper erinnerte sich noch sehr gut daran, wie sich seine Haut an ihrer angefühlt hatte.

»Sonja?«

Den Traum wollte Sonja nicht gerade jetzt verlassen, also reagierte sie nicht.

»Was hältst du davon, wenn wir zum Abschluss ins Hamam gehen?«

Warum forderte Marie ausgerechnet jetzt solche Entscheidungen von ihr? Mühsam hielt Sonja das Gefühl an ihrer Haut fest, versuchte, sich an Hassans Duft zu erinnern.

»Sonja, aufwachen!« Marie Stimme klang nun weich singend, aber Sonja kannte ihre Hartnäckigkeit und gab sich mit einem unwilligen Seufzen geschlagen.

»Wenn du meinst.«

»Also hast du mich doch gehört. Oben im orientalischen Bereich gibt es auch ein wunderbares Becken mit Musik, da kannst du weiterträumen.«

Sie würde gern hier und jetzt ungestört weiterträumen. Aber daraus wurde nichts. Sie hörte, wie Marie sich aufsetzte und in ihre Badeschlappen schlüpfte.

»Na los, du Schlafmütze!«

»Ich bin keine Schlafmütze, das weißt du.«

»Gerade schon«, Marie schnitt ihr eine Grimasse.

Wenig begeistert trottete Sonja hinter ihrer Freundin her, zurück ins Gebäude und ein Stockwerk tiefer in die *orientalische Badewelt*. Sie hatte kein Auge für die Mosaiken an der Wand. Mehrere kleine Räume zweigten von der zentralen Halle des Hamam ab, in deren Mitte ein großer Steintisch stand. Einer dieser Räume war frei und sie folgte Marie in das Abteil. Sie saßen sich auf warmen gefliesten Bänken gegenüber und gegen Maries Strahlen kam Sonjas schlechte Laune nicht an.

»Weißt du noch, wie wir im Urlaub damals zusammen im Hamam waren?«

Marie erinnerte Sonja an ihre erste gemeinsame Reise, wenige Tage nach der Schulabschlussfeier. Es war aufregend gewesen, ohne ein Wort der Landessprache zu verstehen, in die Türkei zu fliegen. Sie hatten, der Empfehlung des Reiseführers folgend, ein kleines traditionelles Hamam aufgesucht. Sonja war froh gewesen, dass sich nur Frauen dort aufhielten und vor allem, dass Marie an ihrer Seite war. Diese hatte auch damals die Richtung angegeben und ehe Sonja einschreiten konnte, eine Massage vereinbart. Nach einem Dampfbad zur Erwärmung hatten sie gemeinsam auf einem riesigen heißen Stein gelegen, bevor sie mit einem Seidenhandschuh abgerieben worden waren und schließlich eine Seifenmassage erhielten. Es erschien ihr noch Jahre später wie ein Traum. Der steinerne Tisch hier in der Mitte der kleinen Dampfkabinen war nicht für eine Massage geeignet, aber dafür gab es separate Räume im Spabereich, wie sie gelesen hatte.

Nach einem weiteren Schwitzgang im Dampfbad ließ sie sich frisch abgeduscht in den Pool gleiten und vernahm, kaum untergetaucht, die Musik. Verwundert hob sie ihren Kopf aus dem Wasser, aber hier war nichts zu hören. Unter der Oberfläche jedoch waren die Klänge deutlich wahrzunehmen. Also legte sich Sonja entspannt auf den Rücken, die Ohren im Wasser, und schloss die Augen. Es war herrlich entspannend, getragen den Melodien zu lauschen. Leider konnte sie den begonnenen Traum von Hassan nicht zurückholen.

***

»Ab und zu muss das einfach mal sein, um sich von Grund auf zu erholen.«

Hassan brummte nur eine Zustimmung, er war noch viel zu entspannt nach der Seifenmassage im Hamam. Nun folgte er seinem Freund Lubaid auf die Sonnenterrasse der *Carolus Thermen*. Unter den Füßen spürte er die glatten gebleichten Holzplanken und so achtete er auch kaum auf den Weg oder die anderen Badegäste in den Ruhezonen. Am äußersten Rand, gleich neben einer warmen Natursteinmauer, ließen sie sich auf zwei Liegen nieder. Der Nieselregen des Morgens hatte sich zum Glück verzogen und nun lachte die Sonne vom Himmel.

»Ich werde ja nie verstehen, warum sich so viele Deutsche tätowieren lassen«, grummelte Lubaid gerade.

Hassan öffnete müde ein Auge. »Andere Länder, andere Sitten.«

»Hast du die Frauen vorn auf der Terrasse gesehen? Eine von ihnen hatte ein Tattoo auf der Schulter. Eine wirklich hübsche Frau mit makelloser Haut und dann dieser selbstverursachte Makel.«

»Was für ein Tattoo?« Hassan war sich sicher, dass es nicht Sonja sein konnte, so einen riesigen Zufall konnte es nicht geben. Trotzdem wartete er atemlos auf die Antwort des Freundes.

»Ach, so ein kleines Bild auf dem linken Schulterblatt.«

Hassan öffnete nun beide Augen.

»Es war, glaube ich, eine Rose, nein zwei Rosen, die ihre Schulterblatt verschandelten.«

Pfeifend ließ Hassan die Luft entweichen. Natürlich war es nicht Sonja, es war lächerlich, noch immer darauf zu hoffen, sie irgendwann wiederzusehen.

***

»Und jetzt musst du mir erzählen, von wem du geträumt hast.« Marie hatte bei Marco die Bestellung aufgegeben, nicht ohne ausgiebig mit ihm zu flirten, und widmete nun ihre ganze Aufmerksamkeit der Freundin.

»Was meinst du?« Betont langsam nahm Sonja einen Schluck ihrer Apfelschorle und stellte das Glas sorgfältig wieder ab.

»Spätestens jetzt weiß ich, dass du ablenken willst. Das machst du immer, wenn dir ein Thema unangenehm ist. Also?«

Sonja schaute ihr unbewegt in die Augen. Wollte sie über ihre besondere Begegnung in Frankfurt reden? Sie selbst hatte die Erinnerungen ja in einen kleinen Winkel ganz hinten in ihrem Bewusstsein gedrängt.

»Ist da ein süßer Kollege, der dein Herz erobert hat? Es muss doch Männer geben, mit denen du zu tun hast.«

Okay, auf diesem Terrain konnte sie sich sicher bewegen. »Ich begegne täglich Männern. Vielleicht weißt du, dass in Casinos mehr Männer spielen als Frauen?«

Die Freundin verdrehte die Augen.

»Vorhin auf der Sonnenterrasse hattest du so ein Leuchten im Gesicht. An wen hast du da gedacht?«

Erwischt.

An Maries triumphierenden Blick erkannte Sonja, dass es keine weiteren Ausflüchte geben würde.

»Es ist niemand, den du kennst und auch niemand hier in Aachen.«

»Erzähl!«

Sonja berichtete der Freundin von der ersten Begegnung mit Hassan.

»Die Füße geküsst hast du deinem Prinzen also schon?« Marie lachte.

»Ich habe ihm die Schuhe abgewischt, teure Schuhe übrigens, nicht neu und gut gepflegt.«

»Und dann?«

Auch die weiteren Begegnungen verfolgte die Freundin gespannt. Erst als es an das Abschlussdinner ging, stockte Sonjas Erzählung.

»Und? Habt ihr?«

Sonja nickte. Marie schien auf weitere Ausführungen zu warten und Stille breitete sich aus. Auf Sonjas Seufzen hin diagnostizierte sie: »Du bist verknallt.«

»Nein.«

»Fehler! Deine Antwort kam zu schnell. Wer ist dieser Hassan?«

»Ich weiß kaum etwas über ihn, nicht einmal, wo er lebt. Ich habe also keine Chance, ihn jemals wiederzutreffen.«

»Keine Telefonnummer?«

»Es war ein One-Night-Stand, da war mir nicht nach Nummern tauschen. Außerdem bin ich weg, bevor er wach wurde.« Sonja erzählte, wie sie um fünf in der Früh ausgecheckt hatte.

»Deshalb warst du so zeitig zurück! Ich hatte mich schon gewundert, als ich deine Nachricht bekam. War er so furchtbar?«

Lächelnd schüttelte Sonja den Kopf. »Das war es nicht. Die Nacht war ... schön, aber mit dem Scheidungstermin vor der Nase ... Ich wollte ihm nicht lange erklären, warum ich kein Interesse an ihm habe.«

»Was ja auch nicht stimmt, wenn ich deinen Gesichtsausdruck von vorhin richtig deute.«

»Glaubst du mir, wenn ich dir sage, dass ich hier in Aachen bis heute nicht an ihn gedacht habe? Ich war so beschäftigt mit dem Kurs, mit der Einarbeitung und damit, mein Leben neu zu sortieren. Erst vorhin, auf der Sonnenterrasse da musste ich an ihn denken und wie ich ihn verlassen habe.« Ein tiefer Seufzer war zu hören, der Sonja selbst verlegen machte.

Marie aber lächelte nur und legte ihre Hand auf Sonjas.

Schicksalhafte Begegnungen

Die Arbeit im Casino wurde schnell Routine. So schnell, dass Sonja bereits befürchtete, sie würde sich bald langweilen. Sicher, sie hatte jeden Tag Kundenkontakt, aber die Kommunikation ähnelte sich und in ihrer Rolle gab es kaum Spielraum. Mit den Kollegen kam sie gut aus, suchte aber keinen engeren Kontakt und dies schien auf Gegenseitigkeit zu beruhen. Die regelmäßigen Telefonate mit Marie taten gut, und wurden zu Lichtblicken in einem gleichförmigen Wochenablauf.

Am Wochenende war meist etwas mehr im Casino los, und an einem Samstag ging Sonja gerade zu ihrem Tisch, als ihr ein Spieler beim Roulette auffiel, ohne dass sie sagen konnte, was an ihm besonders war. So ging sie zunächst ihrer Arbeit nach, musterte ihn aber unauffällig auf ihrem Weg in die Pause. Die Statur kam ihr vertraut vor, die Haarfarbe jedoch und ein Schnauzbart passten zu keinem ihr bekannten Menschen. Während sie ihren Pausenkaffee genoss, grübelte sie, woher sie ihn kennen könnte und nahm sich vor, ihn noch einmal genauer von vorn anzuschauen.

So ging sie nicht auf kurzem Weg zum Blackjack-Tisch zurück, sondern nahm den Umweg an den Roulettetischen vorbei.

Jetzt hatte der Mann verloren und ärgerte sich verhalten.

Ausgerechnet. Gerade dieses Ärgern beschwor unangenehme Erinnerungen in ihr auf. Da saß, mit dunkel gefärbtem Haupthaar und Schnauzbart, den er nie zuvor getragen hatte, tatsächlich ihr Ex und spielte. Über zwei Jahre hatten sie ihn nicht mehr gesehen, aber die Szene am Roulette war wie ein Déjà-vu. Genau so, damals jedoch mit blonden Haaren, glattem Gesicht und edlem Anzug statt Jeans, Poloshirt und Jackett, hatte er sich geärgert, als die Kugel im letzten Moment noch einmal weitergesprungen war und sein schon sicher geglaubter Gewinn dahingegangen.

Wie sie selbst aus der Entfernung sehen konnte, hatte er große Jetons vor sich liegen. Es ging also um viel Geld bei seinen Einsätzen.

Aber wie hatte er überhaupt in die Spielbank gelangen können? Ihres Wissens nach war Nick gesperrt und durfte nicht im Casino spielen. Noch dazu war er höchst leichtsinnig, ausgerechnet nach Aachen, in Bennos Haus, zu kommen.

Kopfschüttelnd machte sich Sonja auf den Weg in die Zentrale und wies einen der Mitarbeiter darauf hin, dass sie einen gesperrten Spieler entdeckt hatte.

Gemeinsam überprüften sie die hinterlegte Liste und Sonja zeigte auf den Namen Nick Reinhard.

»Ich werde das überprüfen«, sagte der Mitarbeiter und ging zielstrebig zum Roulettetisch. Sonja folgte ihm mit einigen Metern Abstand und beobachtete, wie dieser Nick leise ansprach.

Nach dessen unwilligen Gesicht zu urteilen, störte ihn die Spielunterbrechung sehr.

Beide gingen kurz ein paar Schritte vom Tisch weg und Nick gestikulierte nun ungehalten.

Die Beschwerde war bis zu Sonja zu hören: »Ich habe mich beim Einlass ausgewiesen und weiß nicht, was diese Schikane soll. Ich habe gerade eine Glückssträhne, die Sie vollkommen unnötig unterbrechen!«

Der Mitarbeiter blieb ruhig und schlug vor, das Gespräch im Büro fortzusetzen.

In diesem Moment fiel Nicks Blick auf Sonja. Seine Augen verengten sich zu schmalen Schlitzen. »Du!«

»Ich sehe, Sie kennen sich. Dann scheint sich der Verdacht unserer Mitarbeiterin ja zu bestätigen. Wenn Sie mir bitte folgen wollen.«

»Den Teufel werde ich!« Mit diesen Worten drängte er sich an seinem Gegenüber vorbei und stieß Sonja beiseite. Die prallte gegen einen Gast, nahm aber augenblicklich die Verfolgung auf.

Nick kam nicht weit. Zwei Ordner fingen ihn an der Tür zur Eingangshalle ab und hielten ihn fest.

Unmittelbar nach Sonja kam auch der Mitarbeiter der Zentrale an und informierte die Ordner, unter welchem Verdacht er den Festgehaltenen angesprochen hatte.

Gemeinsam verließen sie das Foyer, Nick hatte inzwischen seine Gegenwehr eingestellt.

»Was ist vorgefallen?« Benno Neuhaus war alarmiert worden und betrat kurz nach ihnen das Büro, in das sie sich zurückgezogen hatten.

»Eine Mitarbeiterin hat in dem Herrn einen gesperrten Spieler erkannt. Darauf angesprochen, hat er versucht zu flüchten.«

Kurz streifte Bennos Blick Sonja, dann musterte er den Mann, der immer noch festgehalten wurde. Seine Augen verengten sich erkennend.

»Zeigen Sie mir bitte Ihren Ausweis.« Auf Bennos Nicken hin, zogen sich die Ordner zur Tür zurück.

Unsicherheit flackerte in Nicks Augen, als er seinen Personalausweis aus der Tasche holte.

Benno warf einen kurzen Blick darauf und seufzte leise.

»Jetzt also auch noch Urkundenfälschung. Ist die Polizei bereits verständigt?«

»Ich kümmere mich darum.« Der Mitarbeiter, den Sonja zuerst informiert hatte, verließ den Raum.

»Schick die beiden da raus und wir können alles besprechen.« Nick fixierte Benno und ließ wie zufällig die Jetons in seiner Sakkotasche klackern.

Benno nahm hinter dem Schreibtisch Platz und deutete auf den Stuhl gegenüber.

»Warum?«

»Mensch, Benno, du kennst das doch. Ich habe eine Glückssträhne und ...«

»Leere deine Taschen aus.«

»Dazu kannst du mich nicht zwingen.«

»Ich nicht, sehr wohl aber die Polizei, die gleich kommen wird. Also kannst du es auch gleich tun.«

Mit einem Schnauben legte Nick eine Handvoll Jetons auf den Schreibtisch.

Sonja versuchte, einen Blick auf diese zu werfen. Als sie einen Schritt näher kam, schlug ihr Nick auf den Arm.

»Wag es ja nicht, das ist mein Geld!«

Sonja rieb sich die getroffene Stelle. »Das reicht fast, um deine Schulden zu begleichen.«

»Ich habe keine Schulden mehr, das sind jetzt deine.« Er grinste hämisch.

Sollte sie ihm von dem Vollstreckungstitel erzählen, den sie gegen ihn erwirkt hatte?

»Sonja, gehst du bitte nach nebenan?« Benno war augenscheinlich nicht an einer Eskalation gelegen.

Widerstrebend ging sie aus dem Raum.

Draußen auf dem Gang kamen ihr zwei Polizisten entgegen, die von einem Mitarbeiter der Rezeption geradewegs in das Büro gebracht wurden, das Sonja gerade verlassen hatte.

Nur wenige Minuten später klopfte es an der Tür, hinter die sich Sonja zurückgezogen hatte.

»Frau Müller? Ich hätte einige Fragen an Sie«, einer der Beamten steckte seinen Kopf herein.

»Natürlich. Wollen wir uns setzen?« Sonja wies auf ein Tischchen gleich neben dem Eingang. Inzwischen waren ihre Knie zittrig geworden.

Als ihr Gegenüber nickte, nahmen sie Platz, bevor Sonja ihre Aufmerksamkeit auf den Polizisten konzentrierte.

»Sie haben den Herrn nebenan erkannt und gemeldet?«

»Ja, ich habe meinen Ex-Mann Nick Reinhard erkannt und weiß, dass er gesperrt ist. Er ist vor mehr als zwei Jahren untergetaucht und war während unserer Scheidung auch durch meine Anwältin nicht erreichbar.«

»Sie sind sich also sicher, was die Identität des Mannes betrifft?«

»Ja, absolut sicher. Er hat vorhin vor Zeugen zugegeben, Nick Reinhard zu sein. Die Papiere, mit denen er sich hier Einlass verschafft hat, sind falsch.«

Der Beamte machte sich Notizen.

»Können Sie noch einmal darlegen, wie Ihr Verhältnis zu Herrn Reinhard ist?«

Sonja seufzte leise. »Wir haben vor sechs Jahren geheiratet. Ich habe damals seinen Namen angenommen, Sonja Reinhard. Vor zwei Jahren habe ich die Scheidung eingereicht, da war Nick bereits seit einigen Wochen verschwunden. Er hatte Spielschulden, so viel hatte ich damals schon mitbekommen. Unser gemeinsam angeschafftes Auto ist ihm angeblich gestohlen worden, das Geld für die Versicherung hatte er verspielt. Eine gemeinsame Eigentumswohnung wurde inzwischen zwangsversteigert, aber die Bearbeitungsgebühren und die Steuern zahle ich immer noch ab. Ebenso einen weiteren ursprünglich gemeinsamen Kredit, für den ich hafte, weil Nick nicht auffindbar war. Woher er das Geld für seine Spieleinsätze hier hat, weiß ich nicht. Ich sehe die Gefahr, dass er sich wieder absetzt, wenn Sie ihn gehen lassen.«

Atemlos wartete sie ab, wie der Polizist reagierte. Glaubte er ihr? Nahm er ihre Bedenken ernst?

Der machte sich Notizen und verlangte dann, ihren Ausweis zu sehen.

»Sie wohnen also hier in Aachen«, murmelte er, während er ihre Adresse aufschrieb, dann schaute er irritiert hoch. »Müller?«

»Mein Mädchenname, den ich seit der Scheidung vor zwei Monaten wieder trage.«

»Wie hoch sind die gemeinsamen Schulden?«

»Insgesamt etwa dreißigtausend Euro. Einen entsprechenden Vollstreckungstitel habe ich auf ihn eintragen lassen.

Insofern habe ich natürlich auch Interesse, woher das Geld stammt, mit dem er heute hier gespielt hat und was dort nebenan noch auf dem Tisch liegt.«

»Welches Geld?«

»Die Jetons«, erläuterte Sonja. »Ich habe den genauen Wert nicht erkennen können, aber soweit ich gesehen habe, war der Betrag vierstellig.«

»Sie sprechen von diesem Spielgeld?«

»Die Jetons werden beim Verlassen der Bank wieder in *richtiges* Geld eingetauscht.« Sonja verkniff sich ein Grinsen.

»Und Sie bitten mich jetzt darum, das Geld sicherzustellen?«

»Mein Ex hat, wie gesagt, Schulden. Solange er für seinen Teil nicht eintritt, werde ich für den gesamten Betrag zur Kasse gebeten. Für mich könnte dieses Treffen also einige tausend Euro wert sein, sollte es gelingen, seinen Teil der Schuld sicherzustellen.«

»Warten Sie hier, bitte«, er stand auf und verließ den Raum.

Nach einer Weile öffnete Benno die Tür.

»Du kannst nach Hause gehen.«

»Benno, meine Schicht ist noch nicht zu Ende. Was passiert nun mit dem Geld, das Nick bei sich hatte?«

Benno starrte sie einen Moment stirnrunzelnd an, um die beiden Fragen zuzuordnen.

»Deine Schicht ist für heute beendet und die nächsten beiden Tage hast du frei, wie ich gerade gesehen habe. Das passt gut. Das Geld haben die Beamten sichergestellt. Wegen Verdunklungsgefahr nehmen sie Nick mit.

Die Urkundenfälschung könnte ihn in den Knast bringen. Mehr weiß ich nicht. Das musst du durch deinen Anwalt klären lassen.«

Sonja hatte, ohne es zu merken, die Luft angehalten. Nun atmete sie geräuschvoll aus.

»Warten gehört nicht gerade zu meinen Stärken«, murmelte sie, was von Benno mit einem Lächeln quittiert wurde. »Warum schickst du mich nach Hause?«

»Ich möchte kein Aufsehen, es sind noch Kunden im Casino, die die Szene vorhin miterlebt haben. Außerdem könnte deine Konzentration heute leiden. Sicher ist sicher.« Weil sie das Gesicht verzog, fügte er hinzu: »Du bekommst die gesamte Zeit bezahlt.«

Mit einem gemurmelten: »Okay«, stand Sonja auf und ging zur Tür. Gerade wurde Nick vorbeigeführt. Als der sie bemerkte, verzerrte sich sein Mund, seine Augen verengten sich zu Schlitzen. Trotz der Handschellen bestürmte er sie und schob sie gegen die Tür.

»Hättest du mich nur weiterspielen lassen und mich dann nett gefragt.« Er schaute auf ihren Mund, dann in ihren Ausschnitt. »Vielleicht hätte ich mit dir geteilt.« Er machte Anstalten, sie zu küssen.

Sonja drehte den Kopf weg. Trotzdem spürte sie seinen Speichel in ihrem Gesicht und roch seinen Atem, der nach Zigarettenqualm und Alkohol stank.

Die Polizisten zogen ihn von ihr weg. Zwei Schritte weiter erkundigte sich der Beamte, der sie befragt hatte, ob mit ihr alles in Ordnung sei.

»Ja, danke.« Dass sich die Türklinke schmerzhaft in ihren Rücken gebohrt hatte, merkte sie erst jetzt. Das würde vermutlich ein blauer Fleck werden.

»Geh nach Hause.« Noch einmal blickte Benno sie prüfend an, und folgte dann den Beamten, die Nick zum Hinterausgang führten.

Mit weichen Knien ging Sonja in den Waschraum, der zur Personalumkleide gehörte. Nachdem sie ihr Gesicht gründlich gewaschen hatte, musterte sie ihr Spiegelbild. Das Make-up war verwischt und der Teint blasser als sonst. Mit einem Schaudern dachte sie an Nicks unerwünschte Nähe vor wenigen Minuten und noch einmal spritzte sie kaltes Wasser in ihr Gesicht. Nach dem Trockenrubbeln waren die Wangen leicht gerötet und entschlossen drehte sie dem Spiegel den Rücken zu.

Während sie sich umzog, entschied sie, ihre Anwältin jetzt gleich über die Begegnung mit ihrem Ex in Kenntnis zu setzen. Kurzerhand tippte sie eine Kurzfassung ins Smartphone. Nach dem Absenden ging es ihr besser. Mochte sich die Anwältin um den Fall und Nicks Zahlungsmoral kümmern.

Kurze Zeit später trat sie selbst durch den Hintereingang auf die Straße. Ohne weiter auf ihre Umgebung zu achten, ging sie zu ihrem Fahrrad.

»Hallo, Sonja.«

Zu Tode erschrocken fuhr sie herum. Hassan stand drei Meter entfernt. Er trug einen grauen Businessanzug mit offenem weißem Hemd.

Während sie noch darüber erstaunt war, dass sie ausgerechnet seine Kleidung als Erstes wahrnahm, versuchte sie zu ergründen, wie sie es fand, ihn wiederzusehen.

In ihrem Kopf zog eine Szene der geretteten Jungfrau vorbei, die ihrem Retter dankbar in die Arme sank. *Unfug, ich brauche niemanden, der mich rettet!* Nur langsam fand sie ihre Sprache wieder.

»Was tust du hier?«

»Ich war zufällig in der Spielbank und habe die Szene miterlebt. Ich vermute, das war dein Ex?«

Verdammt, kannte er sie so viel besser, als sie ihn? Wie viel hatte sie ihm in Frankfurt erzählt? Das Gefühl, bei ihm Schutz finden zu können, verstärkte sich. *Ich komme klar*, rief sie sich zur Ordnung.

»Ich habe gesehen, wie er von der Polizei weggebracht wurde, und dachte mir, dass du vielleicht nicht allein sein möchtest.«

Das musste ein Traum sein, oder gab es irgendwo eine versteckte Kamera? So einen Zufall konnte es unmöglich geben.

»Kann ich dich nach Hause fahren?«, er deutete auf den Autoschlüssel in seiner Hand.

»Nein«, sie spürte seine Enttäuschung und erklärte: »Ich habe mein Fahrrad hier und ...« Was wollte er von ihr oder noch wichtiger, was wollte sie? Alleinsein jedenfalls nicht, da hatte er recht.

»Wenn du willst«, formulierte sie vorsichtig, »können wir zu Fuß gehen. Es ist nicht allzu weit.« Atemlos wartete sie auf seine Antwort.

»Gern.« Ohne weiteren Kommentar steckte er den Autoschlüssel in die Hosentasche. Er trat auf sie zu, gelassen souverän und schaute sie einfach nur an.

Sonja machte sich am Fahrradschloss zu schaffen. Sie hatte das Gefühl zu träumen. Diese Situation konnte nicht real sein.

Froh über das Fahrrad, an dem sie sich festhielt, deutete sie in die Richtung, in die sie gehen mussten.

Die ersten Meter absolvierten sie schweigend. Sonja versuchte, sich zu sammeln, und Hassan machte keinerlei Anstalten, sie zu bedrängen oder etwas zu fordern. Er ging einfach still neben ihr her.

»Spielst du oft?«, fragte sie.

»In diesem Jahr schon zweimal, aber damit ist mein Jahressoll auch erfüllt. Ein- bis zweimal im Jahr spiele ich Karten, mehr nicht. Ich wusste nicht, dass du das beruflich machst.«

»Das ist auch noch nicht lange so.«

Wieder legten sie schweigend eine Strecke zurück, überquerten zwei Straßen, während Sonja versuchte, sich über ihre Gefühle klarzuwerden. Freute sie sich, ihn wiederzusehen? Ja, gestand sie sich ein. Die Wochen hier waren einsam gewesen. Aber wohnte er überhaupt in Aachen? Darüber gesprochen hatten sie nicht.

»Da wären wir.« Vor ihrer Haustür war Sonja stehengeblieben.

»Kann ich noch mit hineinkommen, auf einen Kaffee?«

»Nein.«

»Das war deutlich.«

Sonja lächelte versöhnlich. »Aber nicht so, wie du denkst. Das ist ein katholisches Wohnheim für Frauen. Männerbesuch ist strikt verboten.«

»Sowas gibt's?« Verwundert schaute Hassan an der schmucklosen Fassade hoch.

Sonja schmunzelte über seine Reaktion und merkte, dass sie ihn nicht einfach wegschicken mochte.

»Wenn du magst, könnten wir gemeinsam etwas essen. Hier an der Ecke gibt es einen kleinen Italiener, frische Küche.« *Passend für mein Budget,* fügte sie in Gedanken hinzu.

»Klingt gut. Wo lang?«

»Ich bringe schnell mein Rad rein, dann geht es da lang.« Sie deutete auf den Gehweg hinter Hassan und machte sich daran, die Tür aufzuschließen. Drinnen konnte sie kurz durchatmen. Ja, es fühlte sich gut an, von diesem Mann draußen erwartet zu werden. So stellte sie ihr Rad in den Keller und beeilte sich, wieder zu ihm zu kommen.

***

Hassan schaute ihr nach, wie sie mit ihrem Rad im Hausflur verschwand. Er hatte sie gefunden und sie hatte ihn nicht weggeschickt! Unauffällig wischte er seine Hände an der Anzughose ab und musste gleichzeitig über sich lächeln. So nervös war er schon lange nicht mehr gewesen.

Um sich abzulenken, sah er sich die Klingelschilder an. In welchem Stockwerk Sonja wohl wohnte? Aber auch beim zweiten Durchschauen konnte er ihren Namen nicht entdecken.

***

»Bella Sonja ... wo ist Marie?« Luigi alias Marco spähte um sie herum, nachdem er sie mit Umarmung und Küsschen begrüßt hatte und entdeckte Hassan. Ein kritischer Blick wanderte von diesem zu ihr und dann führte er sie zu einem kleinen Tisch.

112

»Besondere Wünsche, oder darf es die Auswahl der Küche sein?«

Hassan kräuselte überrascht die Stirn und schaute zu Sonja.

»Wenn du einverstanden bist«, wandte sie sich an ihn, »lassen wir uns überraschen?«

Er signalisierte Zustimmung und Marco ließ sie allein.

»Du bist Stammgast hier?«

»Wir waren ein paarmal hier und Marie und Marco verstehen sich blendend.« Als er fragend schaute, ergänzte sie: »Marie ist meine beste Freundin. Sie besucht mich regelmäßig und dann landen wir meist hier.«

»Marie wohnt also nicht in Aachen?«

»Nein, leider. Früher in Köln haben wir uns fast täglich gesehen. Ich weiß nicht, wie ich die letzten beiden Jahre ohne sie überstanden hätte.« Sonja schaute einen Moment in die Kerzenflamme zwischen ihnen.

»Dann wohnst du noch nicht lange in Aachen?«

»Erst seit ein paar Wochen. Und – bist du aus Aachen oder nur zu Besuch hier?« Jetzt blickte sie ihn direkt an.

»Beruflich bin ich regelmäßig hier und dann genieße ich auch die Angebote der Stadt, die Spielbank oder die Thermen, letztere häufiger als das Casino. Warst du schon mal dort?«

»Ja, Marie hat mich mitgenommen, sehr entspannend.« Wieder driftete ihr Blick ab. Eine blasse Erinnerung ihres Traums auf der Sonnenterrasse der Therme blitzte vor ihrem inneren Auge auf und schnell schaute sie auf die Tischdecke. Sie wollte auf keinen Fall verträumt in die Gegend schauen und dann gefragt werden, woran sie dachte.

Zum Glück brachte Marco in diesem Moment die Antipasti und fragte nach, ob sie Wein zum Essen wünschten.

»Was empfehlen Sie denn?«

Sie hatte Hassan die Entscheidung überlassen, auch, weil sie hören wollte, ob er noch Autofahren musste. Wenn er jetzt Wein orderte, könnte das darauf hindeuten, dass er nicht mehr fahren brauchte – oder traute sie ihm zu, trotzdem ins Auto zu steigen? Nein, sie schätzte ihn so ein, dass er das Auto stehen lassen würde.

Sie hatte das leise Verkaufsgespräch verpasst und bekam nur noch mit, wie Marco den Tisch wieder verließ.

»Ist das in Ordnung für dich?«

Sonja nickte nur, weil sie nicht eingestehen wollte, dass sie nicht wusste, was er bestellt hatte.

»Guten Appetit!« Hassan griff nach dem Besteck und probierte. »Vielversprechend«, kommentierte er den ersten Bissen und Sonja lächelte zufrieden. So klein dieses Ristorante war, so ehrlich und lecker waren die Speisen, so zuvorkommend der Service. Hassan wusste dies also zu schätzen. Statt ihn weiter zu beobachten, ließ sich Sonja nun selbst die Vorspeisen schmecken.

»Willst du über die Begegnung mit deinem Ex-Mann sprechen?«

Die Teller waren abgeräumt und Hassan wandte sich nun wieder ganz Sonja zu.

Sollte sie? Einen tiefen Atemzug später begann sie zu erzählen. Von der Traumhochzeit und dass sie ihren Beruf aufgegeben hatte, weil sie gleich Kinder wollten.

»Ich war so naiv, glaubte an die große Liebe und auch seine Familie war überglücklich bei der Aussicht, bald ein Enkelkind in die Arme schließen zu können. In der Rückschau bin ich froh, dass nichts daraus wurde.« Sie trank einen Schluck von dem Wein. Hassan hatte eine hervorragende Wahl getroffen. Weich und fruchtig umschmeichelte der Rotwein ihre Zunge. Er kannte sich anscheinend aus.

»*Seine* Familie?«

Sonja schluckte trocken. »Ja. Meinen Vater kenne ich nicht und meine Mutter ist kurz nach der Hochzeit gestorben. Sie hätte mich vermutlich davon abgehalten, mich nur noch um das Projekt *Familie* zu kümmern. Aber so habe ich alles daran gesetzt, die süße kleine Familie zu schaffen, die ich selbst nie erlebt habe. Nur dass Nick nicht der passende Partner dafür war«, sie trank einen Schluck Wein. »Erst nach und nach habe ich begriffen, dass er spielsüchtig ist. Als dann gemeinsam angeschaffte Dinge plötzlich verschwanden, war es der Anfang vom Ende. Die teure Kamera hatte er angeblich verliehen, dann war das Auto geklaut worden, aber die Versicherung zahlte nicht. Er hatte das Geld für die Police verspielt und vermutlich auch das Auto schlicht verkauft. Unsere Wohnung ist vor einigen Wochen zwangsversteigert worden, aber die Nebenkosten ...«, Sonja zuckte mit den Schultern und wollte nicht ins Detail gehen. »Er ist abgetaucht. Ich habe mir eine Anwältin gesucht und im dritten Anlauf ist die Scheidung vollzogen worden. Das war vor knapp zwei Monaten. Ich bin hierhergezogen und arbeite nun als Croupier.«

»Das klingt nicht so begeistert.«

»Ich habe es als Chance gesehen. Der Verdienst ist okay und das Wochenende in Frankfurt hat mir wieder Lust auf die Atmosphäre im Casino gemacht. Aber es ist eine Scheinwelt. Der Kundenkontakt ist einseitig«, sie brach ab.

»Was hast du denn vorher gemacht?«

»Ich bin gelernte Hotelfachfrau und habe eine sichere Stelle in einem renommierten Kölner Innenstadthotel gekündigt.« Sonja schüttelte in der Erinnerung über sich selbst den Kopf.

»Warum suchst du nicht hier in Aachen ein Hotel? Die Verdienstmöglichkeiten in der Branche sind hier sogar etwas besser als in Köln.«

Sonja runzelte verständnislos die Stirn.

»Hast du dich mal erkundigt, welche regionalen Unterschiede es in deinem erlernten Beruf gibt? Der Durchschnittsverdienst in Aachen ist vergleichsweise hoch, höher jedenfalls als in Köln. Oder mochtest du deinen alten Beruf nicht mehr?«

»Doch. Ich mag die Vielseitigkeit, den Kundenkontakt an der Rezeption, dazu etwas Verwaltung. Andere Bereiche, das muss ich zugeben, waren eher nicht so mein Ding. Ich könnte niemals Hausdame sein. Andere, die für ihre Arbeit in meinen Augen viel zu wenig Geld bekommen, ständig zur Eile und zur Genauigkeit anzuhalten, das wäre nicht mein Ding. Auch der Ausflug in die Tätigkeit im Restaurant war zum Glück nur kurz.«

In diesem Moment brachte Marco die Hauptspeise. Der gegrillte Fisch duftete verführerisch. Dazu gab es verschiedene gebratene Gemüse und frisches Brot. Stille senkte sich über den Tisch, während sie das Essen genossen.

»Der Tipp mit dem Italiener war wirklich gut. Die Küche ist hervorragend«, kommentierte Hassan seinen letzten Bissen.

»Das Kompliment gebe ich gern weiter«, ließ sich Marco vernehmen, der in diesem Moment herangetreten war. »Haben Sie noch einen Wunsch?«

»Ich möchte gern wissen, was Sie als Dessert anbieten.« Hassan lehnte sich zurück und schaute fragend zum Inhaber auf.

Der lächelte und zählte auf: »Focaccia di Mandorla, Zuppa Inglese und natürlich Eis.«

»Was möchtest du?«, fragte Hassan.

»Ich brauche kein Dessert mehr, danke.«

Ohne auf ihren Einwurf zu achten, bestellte er ein Stück der Mandeltorte und eine Portion Zuppa Inglese.

Als Marco weg war, erklärte er: »Ich möchte unbedingt probieren, wie die selbstgemachten Desserts sind. Du hilfst mir doch, oder?«

Sonja schmunzelte und nickte. Als die Köstlichkeiten kamen, konnte sie sich nicht zurückhalten. Schließlich lehnten sich beide mehr als gesättigt zurück.

»Sind die Herrschaften zufrieden?«

»Sehr, mein Kompliment an die Küche.«

Hassan ließ es sich nicht ausreden, zu bezahlen, was einen Stich bei Sonja hinterließ. Sie hasste es, immer wieder ausgehalten zu werden. Er bemerkte, dass sich ihre Stimmung verschlechterte, und relativierte: »Wenn ich dich nicht abgefangen hätte, wärst du längst daheim. Außerdem habe ich dir den Nachtisch aufgeschwatzt.«

Es war tatsächlich ein schöner Abend gewesen und
die Vorstellung, nach dem Nachmittag allein in ihrem
Zimmer zu hocken, überzeugte Sonja, sich keine weiteren Gedanken zu machen. Gemeinsam schlenderten sie
zum Wohnheim zurück.

»Sehen wir uns wieder?«

»Gern.«

Nach einer kurzen Pause fragte Hassan weiter: »Dann
gibst du mir deine Nummer? Ich bin für die nächsten
zwei Wochen beruflich unterwegs.«

Da war sie plötzlich wieder. Die Angst. Was, wenn er
jetzt freundlich tat und doch so ein Schwein war wie
Nick? Sonja spürte den Widerwillen in sich und doch ...
Der Abend war selbst im Schweigen so harmonisch gewesen. Was sollte sie tun? Ihr fiel auf, dass sie zwar viel
über sich, er jedoch wenig über sich erzählt hatte. Wer
war er?

»Du kannst mir ja schreiben.«

»Also heißt das: Ja?«

»Ich meinte, so richtig schreiben, mit Papier und
Briefmarke.« Ja, das fühlte sich gut an. Er sollte ihr erst
zeigen, welchen Einsatz er zu bringen bereit war.
»Meine Adresse hast du ja nun.« Sie waren am Wohn-
heim angekommen und wieder schaute Hassan an der
Fassade hoch.

»Dann musst du mir allerdings noch verraten, welche
der vier *S.* du bist.«

»Vier S Punkt?«

»Als du dein Fahrrad weggebracht hast, habe ich die
Klingelschilder angeschaut. Es gibt weder Reinhard
noch Sonja.«

Verstehend schmunzelte sie. »Seit meiner Scheidung heiße ich wieder Müller. Zu mir gehört also das Schild *S. Müller*.«

Hassan lächelte zurück und nahm ihre Hand. »Danke für den wundervollen Abend.«

»Danke, dass du mich auf andere Gedanken gebracht hast, für das Essen und für das Zuhören.«

»Es wird mein erster persönlicher Brief seit Jahren werden, aber du wirst ihn bekommen«, versprach er und hauchte ihr einen Kuss auf die Wange. »Bis bald«, verabschiedete er sich.

»Bis bald«, wiederholte sie leise.

Neue Pläne

Oben in ihrem Zimmer war Sonja plötzlich total aufgekratzt. Unruhig lief sie einige Male auf und ab und machte sich dann in der Gemeinschaftsküche einen Tee. Das Treppensteigen kam ihr jetzt gerade recht. Zurück in ihrem Zimmer nahm sie ihren Laptop und googelte Hotels in Aachen. Dass sie nicht selbst schon früher daran gedacht hatte! In Köln hatte sie keine angemessene Stelle finden können und danach war sie mit ihrer Arbeit im Casino beschäftigt gewesen. Jetzt nahm sie sich die Zeit, um sich die Hotels der Stadt anzuschauen. Eines stach ihr in die Augen und in der Rubrik *Karriere* war zu lesen, dass sie aktuell eine Rezeptionistin suchten.

Kurzentschlossen kontrollierte sie die Bewerbungsunterlagen auf ihrem Computer und ergänzte die fehlenden Wochen im Lebenslauf. Das Anschreiben gelang ihr in einem Guss und knapp eine Stunde später drückte sie auf *Senden*. Ihre Unruhe hatte sich gelegt und jetzt konnte sie sich vorstellen, auch schlafen zu können.

Noch während sie am nächsten Morgen ihre Frühstücksutensilien wegräumte, meldete ihr Laptop eine eingehende Mail. Man wolle sie gern kennenlernen und bat um Rückruf.

Bevor sie es sich anders überlegen konnte, griff Sonja zum Smartphone und wählte die angegebene Nummer.

»Hotel Karlshof, mein Name ist Bianca Witte, womit kann ich behilflich sein?«

»Guten Morgen, Frau Witte, hier ist Sonja Müller. Ich habe eine Mail von Herrn Armadi erhalten, der mich um einen Rückruf bat.«

»Moment, ich verbinde.«

Noch bevor eine Pausenmelodie ertönen konnte, wurde bereits abgenommen.

»Armadi?«

»Guten Morgen, Sonja Müller hier, Sie hatten heute Morgen auf meine Bewerbung geantwortet und um Rückruf gebeten.«

»Schön, dass Sie sich so schnell melden. Ihre Unterlagen sind interessant und ich würde Sie gern persönlich kennenlernen. Wann wäre das zeitnah möglich?«

Sonja stockte der Atem, aber sie riss sich zusammen. Sie schluckte.

»Zufällig habe ich heute und morgen frei.«

»Wunderbar, sagen wir elf Uhr?«

Sie sagte zu und legte auf. Erst danach atmete sie langsam aus. Sie hatte ein Bewerbungsgespräch, heute in – sie schaute auf die Uhr – in gerade einmal zwei Stunden. Noch leicht benommen von dem Telefonat sprang sie auf und öffnete ihren Kleiderschrank. Der Hosenanzug musste her, dazu die Bluse. Nach einer kritischen Musterung befand sie beides für präsentabel, wie auch die Ballerinas. Ein Blick in den Spiegel sagte jedoch etwas anderes. Ihre Haare standen wirr vom Kopf ab und große müde Augen starrten ihr aus einem blassen Gesicht entgegen. Sie streckte sich die Zunge raus.

Nach einer ausgiebigen Dusche sah die Welt schon anders aus. Die Wangen waren nun rosig und der müde Zug um die Augen verschwunden.

Mit frisch geföhnten Haaren machte sich Sonja ans Make-up, wie sie es in den letzten Wochen immer gehalten hatte, dezent und natürlich. Schließlich kontrollierte sie ihr Outfit noch in Gänze. Der Anzug saß, die Haare waren gebändigt und dann zwang sie sich zu zwei ruhigen tiefen Atemzügen. Sie konnte zu Fuß zum Hotel laufen, das Wetter passte und so machte sie sich mit den Originalunterlagen in der Handtasche auf den Weg.

Der Wagenmeister des Hotels nickte ihr grüßend zu, als sie auf die große Drehtür zuging. Abrupt verstummten die Geräusche der Straße, als sie kurzzeitig zwischen den Flügeln der Tür eingeschlossen war. Dann drangen die gedämpften Laute des großzügigen Foyers zu ihr. Augenblicklich fühlte sie sich an ihr Ausbildungshotel in Köln erinnert. Eine gelungene Mischung aus Klassik und Moderne empfing sie, elegant und einladend. Zielstrebig ging Sonja auf die Rezeption zu. Als sie ihr Anliegen vorgetragen hatte, telefonierte die blonde Frau am Tresen, während Sonja wieder einfiel, dass sie heute Morgen bereits mit Bianca Witte gesprochen hatte. Der Name Bianca passt ausgezeichnet zum Weißblond der Haare. Ihre Gedanken wurden unterbrochen.

»Herr Armadi erwartet Sie.« Nach einer kurzen Wegbeschreibung und einem dankbaren Lächeln wandte sich Sonja zum Aufzug.

Eine Stunde später trat Sonja wieder auf die Straße hinaus. Sie hatte eine neue Stelle, sobald sie sie antreten konnte. Direkt vor der Tür wählte sie Bennos Nummer.

»Gut, dass du anrufst«, unterbrach er, gleich nachdem sie ihren Namen genannt hatte. »Die Polizei war noch einmal hier und hat mich offiziell auf deine finanzielle Situation hingewiesen. Die Ermittlungen wirbeln so viel Staub auf, dass ich dich unmöglich weiter hier arbeiten lassen kann.« Seinem Tonfall war deutlich zu entnehmen, wie unangenehm ihm diese Mitteilung war.

Als er zu weiteren Erklärungen ansetzen wollte, unterbrach sie ihn: »Genau deshalb rufe ich an. Ich habe ein Stellenangebot und könnte sofort anfangen.«

Benno schwieg einen Moment, während Sonja ungeduldig auf eine Reaktion lauschte.

»Also brauche ich gar kein schlechtes Gewissen zu haben?«

»Nein«, lachte Sonja befreit auf. »Im Gegenteil: Du tust mir einen Gefallen, wenn ich sofort loslegen kann.«

Im Hörer erklang ein geräuschvolles Ausatmen. Aufatmen?

»Benno, ich bin dir superdankbar, dass du mir die Chance gegeben hast, als Croupier zu arbeiten. Aber jetzt kann ich in meinen alten Beruf zurückzukehren. Ich kann morgen im Karlshof anfangen.«

»Dann tu das. Herzlichen Glückwunsch!« Benno berichtete noch kurz von den Ermittlungen und klang dabei deutlich entspannter als zu Beginn des Telefonats.

Kaum hatte er sich verabschiedet, wählte Sonja noch einmal die Nummer des Karlshofs und klärte ihren Arbeitsbeginn für den nächsten Tag.

Erst zurück in ihrem Zimmer wurde ihr bewusst, welchen Wandel ihr Leben innerhalb der letzten vierundzwanzig Stunden erfahren hatte.

Nick war aufgespürt und somit greifbar für ihre Anwältin, die neue Stelle in ihrem alten Beruf ... Aufseufzend ließ sich Sonja auf ihr Bett zurücksinken und starrte die Decke an. Hassan hatte ihr Glück gebracht. Nicht direkt in Frankfurt, aber irgendwie doch. Zu dem Kribbeln im Bauch, das sie schon durch den gesamten Tag begleitet hatte, gesellten sich ein paar Schmetterlinge, als sie an Hassans Augen dachte. Ob er sich wohl melden würde? Wieso hatten sie nicht einfach die Nummern getauscht? Die Zweifel, die sie gestern hatten zögern lassen, schienen ihr heute vollkommen abwegig zu sein.

Nach einer längeren und erholsamen Nacht stand Sonja am nächsten Morgen pünktlich im Hotel. Wieder traf sie auf Bianca Witte, die sie nach dem Einkleiden zunächst im Haus herumführte. Im Gespräch zeigte sich schnell, dass der Karlshof ähnlich organisiert war, wie das Kölner Hotel, in dem Sonja gelernt hatte. Auch die Größe und das Interieur waren vergleichbar.

Der Rundgang endete an der Rezeption und nach einer gründlichen Einweisung nahm Sonja ihre erste Buchung entgegen. Bianca hatte in Hörweite abgewartet und nickte augenscheinlich zufrieden. Konzentriert reagierte Sonja auf die unterschiedlichen Wünsche der Gäste, beantwortete deren Fragen oder fragte selbst um Rat, wenn sie die Antwort nicht kannte. Hochzufrieden kehrte sie am Abend nach Hause zurück.

Nach einer Woche legte sich die Anspannung der ersten Tage und immer öfter dachte sie an den Brief, den Hassan ihr schreiben wollte. Ob er sich überhaupt melden würde?

Im Briefkasten fand sie ein handschriftlich adressiertes Kuvert mit dem Absenderaufdruck eines Hotels in Düsseldorf. In ihrem Zimmer öffnete sie den Umschlag. Auf dem Hotelbriefpapier suchte sie zunächst den Unterzeichner und tatsächlich stand dort »Hassan«.

Bevor sie mehr las, streifte sie die Schuhe ab und machte es sich auf dem Bett bequem, aber dann hielt sie es nicht länger aus, und begann mit wohligem Herzklopfen zu lesen.

Liebe Sonja,

vielen Dank für den wundervollen Abend und den Tipp mit dem erstklassigen Italiener.
Ich habe mich sehr gefreut, dich wiederzusehen, und wünsche mir, den Kontakt zu dir zu vertiefen.

Sonja bemerkte, dass der Schreibstil im Laufe des Briefes flüssiger wurde. Als würde sich die Hand daran gewöhnen, wieder einen längeren Text zu schreiben. Auch die Formulierungen wurden runder, gewannen immer mehr den Ton, den sie von ihren Gesprächen im Ohr hatte und so hörte sie seine Stimme in ihrem Kopf, während sie las:

Du hast mich schon bei unserer ersten Begegnung tief beeindruckt und ich muss noch oft an das Bild denken, als du vollkommen selbstverständlich vor mir in die Hocke gegangen bist, um den Kaffee aufzuwischen.

Sie schnaubte leise und dachte, dass er wohl doch ein Macho sei, aber der nächste Satz relativierte die Aussage wieder.

Wenn eine so selbstbewusste Frau sich nicht scheut und so souverän eine vermeintlich demütige Haltung einnimmt, ohne sich Gedanken über den Verlust der Würde oder ihrer Stellung als emanzipierte Frau zu machen, so spricht das für sie. Du bist wie ein Wirbelwind in mein Leben gerauscht und leider viel zu schnell wieder verschwunden. Daher freue ich mich besonders, nun die Chance zu haben, dich näher kennenzulernen.

Das wünschte sich Sonja auch und las den Brief bis zum Ende, leicht enttäuscht, dass er wenig von sich preisgegeben hatte. Noch immer wusste sie kaum etwas über ihn, kannte weder seinen Beruf noch seinen Wohnort. Am Ende stand seine Handynummer, oben unter dem Hotelnamen auch eine Adresse, aber dahin würde sich wohl keine Antwort lohnen.

In Ruhe las sie noch einmal den Text und genoss die Wärme in ihrem Inneren, die sich mehr und mehr ausbreitete. Die Schrift war schwungvoll und der Druck auf das Papier war leicht auf der Rückseite zu spüren. Auch beim dritten Lesen war sie noch immer überrascht, dass ihn die spontane Reaktion, seine Schuhe zu säubern, so beeindruckt hatte. Kein Wort hingegen hatte er über ihre gemeinsame Nacht geschrieben. Sollte es ihm etwa nicht gefallen haben?

Den Eindruck hatte sie allerdings nicht gehabt und selbst jetzt, Wochen später zog sich ihr Unterleib bei der Erinnerung zusammen. Nein, sie hoffte, dass er wirklich an einer Beziehung interessiert war und es langsam angehen wollte. Das würde zu seiner Geduld passen, die er an den Tag gelegt hatte. Er verstand zu genießen, ließ sich Zeit. Ganz sicher war sie sich jedoch nicht und so beschloss sie, sich nicht sofort telefonisch bei ihm zu melden. Sie wollte erst einmal darüber schlafen.

Am nächsten Abend stand überraschend Marie vor ihrer Tür, als sie heimkam.

»Da bist du ja endlich! Deine Schicht im Casino ist doch schon seit zwei Stunden vorbei!«

Sonja bekam augenblicklich ein furchtbar schlechtes Gewissen. Sie hatte in der vergangenen Woche nicht einmal daran gedacht, sich bei ihr zu melden und die Veränderungen mitzuteilen. Sie umarmte ihre Freundin: »Ich muss dir etwas erzählen.«

Statt einer Antwort hakte Marie sie einfach unter und gemeinsam gingen sie zu Marco. So dauerte es, bis zunächst auch die beiden sich begrüßt hatten und das Essen bestellt war, bis Sonja weitererzählte. »Ich habe meinen Ex getroffen.«

Marie riss ungläubig die Augen auf. »Erzähl!«

Sonja berichtete vom Vorfall im Casino und wunderte sich gleichzeitig, wie gelassen sie über Nick sprechen konnte. »Außerdem arbeite ich nicht mehr als Croupier. Ich bin wieder als Hotelfachfrau tätig, im Karlshof.«

»Passt das denn zu deinem Finanzplan? Brauchst du jetzt länger, um deine Schulden abzuzahlen?«

»Das Gehalt ist höher als in Köln, auch höher als im Casino. Außerdem habe ich die Hoffnung, dass jetzt, wo

Nick wieder aufgetaucht ist, meine Anwältin auch von ihm Geld eintreiben kann.« Sonja berichtete noch von der leeren Scheinwelt, die ihr mehr und mehr missfallen hatte und währenddessen aßen beide ihre Pizzen. Hassan erwähnte Sonja mit keiner Silbe und auch Marco war so diskret, nicht davon zu sprechen. Nach einem langen Abend fielen Sonja die Augen zu, ohne dass sie ihn hätte anrufen können.

Erkenntnisse

Am nächsten Morgen versah sie mit Bianca ihren Dienst an der Rezeption, als ihr ein Mann auffiel, der neben dem Manager des Hotels das Foyer durchquerte und den Fahrstuhl betrat. Statur und Gang des Mannes kamen ihr bekannt vor und anscheinend hatte sie den beiden hinterhergestarrt.

»Das ist der Besitzer des Karlshofs, Hassan Djamali.«

Erstaunt schaute Sonja jetzt ihre Kollegin an.

»So wie du ihm hinterhergeschaut hast, habe ich mal vermutet, du wolltest wissen, wer das ist.«

»Ja. Danke.« In Sonjas Kopf hallte noch das Wort *Besitzer* nach. Hassan gehörte dieses Hotel! Verdankte sie ihre Stelle und das gute Gehalt seiner Bekanntschaft? Was für ein Spiel trieb er mit ihr?

Ein Gast unterbrach ihren Gedankengang und in den nächsten Stunden hatte sie keine Zeit mehr, darüber nachzudenken.

***

Hassan betrat hinter seinem Freund Lubaid Armadi dessen Büro.

»Ich hätte übrigens eine interessante Anwärterin für die vakante Stelle in der Rezeption.«

»Dafür habe ich schon jemanden eingestellt. Eine verrückte Geschichte: Eine Bewerbung, die mitten in der Nacht eintrudelte. Am nächsten Morgen hatten wir ein überzeugendes Gespräch und am Folgetag hat sie angefangen. Hier ist ihre Personalakte.«

Lubaid war um seinen Schreibtisch herumgegangen und reichte Hassan eine Akte.

Dieser setzte sich in den Besuchersessel und schlug den Deckel auf.

»Espresso?«

»Ja«, abwesend nickte Hassan, während ihn Sonjas Bild aus der Akte anschaute. Offen lächelte sie in die Kamera, die Haare etwas länger als sie sie jetzt trug. Tief durchatmend blätterte er weiter und überflog ihren Lebenslauf, danach ihre Zeugnisse. War der Schulabschluss noch im oberen Mittelfeld gewesen, so lagen die Beurteilungen der Hotelfachschule im sehr guten Bereich.

»Ich hoffe, du siehst mir nach, dass ich sie ohne Rücksprache eingestellt habe. Die erste Woche bestätigt meine positive Einschätzung von Frau Müller. Sie fügt sich ausgezeichnet ins Team ein und ist fachlich top. Deine Interessentin kann ich mir ja trotzdem mal anschauen.«

»Nein, so wichtig ist es nicht.« Hassan nahm den Espresso entgegen und schaute nochmals auf das Bild. Er widerstand dem Impuls, über ihr Konterfei zu streichen. Um es sich zu merken, wiederholte er still Sonjas Geburtstag.

***

»Könntest du diesen Brief bitte zu Zimmer 412 hochbringen?« Bianca reichte ihr einen Umschlag, den Sonja nickend entgegennahm.

Die Botschaft wurde bereits erwartet, und die liebenswerte ältere Dame bedankte sich überschwänglich, weil Sonja ihr den Weg abgenommen hatte.

»Mein Rheuma ist heute so stark, dass ich kaum bis zur Tür laufen kann.«

»Benötigen Sie einen Arzt?«

Die Dame winkte jedoch ab. »Nein, ich werde jetzt meine Medikamente nehmen und mich hinlegen. Morgen geht es bestimmt wieder besser.«

»Dann wünsche ich Ihnen eine angenehme Nachtruhe.«

Als der Aufzug kam, nickte sie beim Betreten freundlich dem Gast zu, der sich an die hintere Wand anlehnte. Erst dann wurde ihr bewusst, dass sie Hassan gegenüberstand, und schluckte. Ihr Herz setzte einen Schlag aus. Sofort war die Frage wieder da und bevor die Gelegenheit verstrich, stellte sie sie: »Hast du dafür gesorgt, dass ich diese Stelle hier bekommen habe?«

Überrascht starrte er ihr in die Augen. Hatte er die Frage nicht verstanden? Aber dann sammelte er sich. »Nein. Ich hätte dir gern geholfen, aber du warst schneller. Lubaid hat mir gerade mitgeteilt, dass er dich eingestellt hat.« Als sie ihn fragend anschaute, ergänzte er: »Lubaid Armadi, der Manager.«

»Dann hast du nichts damit zu tun?«

Hassan schüttelte lächelnd den Kopf. Als sich die Aufzugtür im Erdgeschoss öffnete, schaute Sonja ihn noch einen Moment prüfend an, und verließ dann die Kabine. Hassan schien in die Tiefgarage weiterzufahren, was ihr im Augenblick ganz recht war. Viel länger hätte sie seine Präsenz nicht aushalten können.

Sie waren sich so nah gewesen, dass es ausgereicht hätte, die Hand zu heben, um ihn zu berühren. Sie hatte sein Aftershave noch in der Nase.

Unauffällig wischte sie sich die feuchten Hände an ihrer Hose ab und konzentrierte sich mühsam für den Rest ihrer Schicht auf die Arbeit.

Auf dem Heimweg jedoch stand ihren Grübeleien nichts mehr im Weg. Er war ihr Boss. Hassan gehörte das Hotel und auch wenn er sie nicht selbst eingestellt hatte ... Sie wollte keine Affäre mit ihrem Chef. Egal, wie sie sich in ihrem Job machte, immer stünde im Raum, dass sie ihre Position nur erreicht hätte, weil sie sich mit ihm eingelassen hatte.

Wie sie es auch drehte und wendete, Ihre Gedanken kamen wieder und wieder zum gleichen Schluss.

Mit Tränen in den Augen gestand sie sich ein, dass es nur eine Möglichkeit gab: Sie musste beenden, was noch gar nicht richtig begonnen hatte.

Trotzdem zögerte sie den Anruf hinaus, plante, verwarf und überlegte, wie sie es bewerkstelligen konnte, Hassan zu sagen, dass sie Schluss machte.

Schließlich nahm sie all ihre Courage zusammen und wählte seine Nummer.

»Ja, bitte?«

Oh Gott, sie hatte vergessen, wie samtig seine Stimme klang. Kurz drohte sie schwach zu werden, aber sie riss sich zusammen.

»Hallo, Hassan, können wir uns treffen?«

»Gern. Soll ich dich abholen und wir gehen zum Italiener bei dir?«

»Nein, ich habe schon gegessen«, die Notlüge musste sein, aber zu Marco wollte sie auf keinen Fall. »Vielleicht können wir etwas trinken gehen?«

Hassan schlug ein kleines Bistro in der Innenstadt vor und ließ sich glücklicherweise davon abhalten, sie abzuholen.

Eine halbe Stunde später machte sie sich mit dem Rad auf den Weg. So könnte sie das Ansinnen, sie nach Hause zu begleiten, gleich im Keim ersticken. Wenn das Gespräch so lief, wie sie es im Kopf durchgespielt hatte, dann würde es dazu erst gar nicht kommen.

Hassan stand von seinem kleinen Tisch auf, um sie zu begrüßen, und das Wangenküsschen ließ sie sich gefallen. Er hatte das gleiche Aftershave aufgelegt wie in Frankfurt. Mit deutlichem Kribbeln im Bauch setzte sie sich umständlich hin und legte sich ihren Rucksack auf den Schoß.

»Was möchtest du trinken?«

In diesem Moment kam auch die Bedienung an den Tisch und sie bestellte direkt einen Milchkaffee. Er orderte ein Baguette und schloss sich ihrem Getränk an.

»Was ist los? Schon am Telefon hatte ich das Gefühl, dass irgendetwas nicht in Ordnung ist.«

Jetzt oder nie.

»Ja. Ich muss dir etwas sagen.« Täuschte sie sich, oder lag ein trauriger Zug um seine Augen? Ahnte er, was kommen würde? Ernst sah er aus – und verdammt gut.

Sonja schluckte und war erleichtert, als der Kaffee gebracht wurde. Vorsichtig trank sie einen Schluck. Warum musste das so schwer sein?

»Und?«

Ihr Kopf war wie leergefegt. Weg die Formulierungen, die sie durchgespielt hatte. Von Trennung zu reden, bevor es begonnen hatte, war falsch und doch kam es ihr so vor. Sonja atmete tief durch.

»Ich habe über uns nachgedacht und bin zu dem Schluss gekommen, dass – dass wir es sein lassen sollten.«

»Was meinst du?« Seine Augen waren noch einen Hauch dunkler geworden. Verdammt, wieso fielen ihr so viele Details in seinem Gesicht auf, gerade jetzt, wo sie ihn vergessen wollte?

»Ich werde mich auf keine Beziehung mit dir einlassen. Es passt einfach nicht.«

Er schüttelte den Kopf, kniff die Augen zusammen. »Was passt denn nicht?«

»Der Zeitpunkt, du ... ich. Ich wollte es dir persönlich sagen.« Einige Sekunden blickten sie sich an, blieben reglos, bis die Bedienung das Baguette servierte.

»Kann ich Ihnen sonst noch etwas bringen?«

Synchron schüttelten beide den Kopf, während Sonja in ihrer Tasche nach dem bereitgelegten Kleingeld angelte.

»Ich möchte meinen Kaffee zahlen.« Sie legte die Münzen auf den Tisch. »Stimmt so.«

Die Kellnerin nahm das Geld und bedankte sich. Sonja nutzte den Moment, um auszutrinken.

»Es ist vorbei«, sagte sie leise, ohne Hassan anzuschauen.

»Es hat doch noch gar nicht begonnen.« Täuschte sie sich oder klang seine Stimme verletzt? Natürlich war er verletzt, aber damit musste er klarkommen. Sie beide mussten es.

»Mach's gut!« Sonja nahm ihren Rucksack und stand auf.

»Hast du dich nur mit mir verabredet, um Schluss zu machen? Warum?«

»Weil ich mich niemals mit meinem Chef einlassen werde.« Noch einmal nickte sie ihm zu und verließ das Bistro.

Schon auf dem Heimweg liefen ihr die Tränen über das Gesicht. Sein trauriger Blick hatte ihr tief ins Herz geschnitten. Tränenblind schob sie ihr Rad in den Keller und schleppte sich die Treppe hinauf.

»Sonja?«

Schwester Marlies stand in der Tür zu ihrem Büro und musterte sie besorgt. »Trinkst du einen Tee mit mir? Ich habe gerade eine Kanne gemacht.«

»Wenn ich nicht reden muss.«

»Natürlich nicht. Es sei denn, du möchtest.«

Sie ging voraus und holte eine zweite Tasse aus dem Schrank. Der Tee duftete nach Früchten und Zimt, und Sonja ließ sich auf den Besucherstuhl fallen. In den ersten Wochen nach dem Einzug hatten sie einige Male hier zusammengesessen und gemeinsam Tee getrunken. Daher kannte Marlies die momentane Situation von Sonja, nur über die neueren Entwicklungen wusste sie nichts.

Die Tasse in beiden Händen atmete Sonja den Duft tief ein. Vergeblich versuchte sie, die Erinnerung an das Aftershave abzuschütteln, aber die Zimtnote erinnerte sie an Hassan. Nach einem tiefen Seufzer trank sie einen Schluck und stellte die Tasse in ihren Schoß.

»Wie läuft es im Hotel?«

Statt einer Antwort entfuhr Sonja ein zweiter Seufzer.

»Schlechtes Thema?«

»Nein, eigentlich nicht. Es macht Spaß wieder an der Rezeption zu arbeiten, und es hat mich daran erinnert, warum ich Hotelfachfrau gelernt habe. Das Team ist nett und hat mich offen aufgenommen und auch der Kundenkontakt ist erfüllend. Kein Vergleich mit der Scheinwelt im Casino.« Einen Moment starrte sie mit leerem Blick vor sich hin. »Wir haben momentan eine ältere Dame als Gast. Sie benötigt immer wieder kleinere Hilfestellungen. Eigentlich ist sie nach Aachen gekommen, um den Dom zu besuchen, aber in ihrer ersten Woche hat sie das Haus noch nicht verlassen. Sie nutzt den Service des Hauses und wirkt in keiner Weise unzufrieden mit ihrer Situation. Ich glaube, sie lässt sich einfach nach Strich und Faden verwöhnen.«

»Vielleicht ist sie daheim einsam und genießt es, umsorgt zu werden?«

Sonja zuckte mit den Schultern. Dankbar blickte sie zu Marlies hinüber, die es mit ihrer Ablenkung geschafft hatte, die schwärzesten Gedanken zu vertreiben.

Sie plauderten noch, bis die Kanne leer war und Sonja verabschiedete sich. »Danke!«

»Dafür bin ich da.«

Nervös fuhr Sonja am nächsten Morgen ins Hotel. Zu ihrer Erleichterung ließ sich Hassan jedoch nicht blicken und ihr Dienst verlief ruhig. Die Anspannung ließ jeden Tag etwas nach, an dem sie nichts von ihm sah oder hörte. Was blieb, war eine beharrliche Traurigkeit, die sie durch Arbeit und Freizeit begleitete.

Nach fünf Tagen war sie wieder unterwegs zu der älteren Dame in Zimmer 412, als Hassan zu ihr in den Fahrstuhl stieg.

Nachdem er sich zunächst nach einem begrüßenden Nicken von ihr abgewandt hatte, straffte sich seine Haltung, nachdem sich die Türen geschlossen hatten, und er nahm seine Schlüsselkarte aus dem Sakko. In den Schlitz der Steuerungstafel geschoben, schaltete diese die Kabine auf Liftboy-Steuerung, so hatte Bianca ihr die Technik erklärt. Von außen konnte nun niemand den Aufzug rufen und die von Sonja gewünschte Etage war gelöscht. Der Fahrstuhl verharrte mit geschlossenen Türen.

Sonja runzelte die Stirn und fragte sich, was nun kommen würde.

Mit zwei Schritten stand er unmittelbar vor ihr. Sie konnte seine Wärme spüren und da war auch wieder sein Duft, diese wunderbar würzige Mischung aus Aftershave und seiner Haut. Sein Atem streifte ihr Gesicht, als er beide Hände neben ihren Schultern an der Aufzugswand abstützte.

Sein Blick schien sie zu streicheln, als er jeden Zentimeter ihres Gesichts abtastete.

Das Herz klopfte ihr bis zum Hals und als sein Blick tiefer glitt, verzog sich sein Mund zu einem zufriedenen Lächeln. Langsam senkte sich sein Kopf in ihre Halsbeuge, so dass sie dort seine Wärme und seinen Atem spüren konnte. Er berührte sie jedoch nicht, sondern strich mit seiner Wange so nah an ihrer entlang, dass sie eine Gänsehaut bekam.

Noch immer hatte er sie nicht berührt und Sonja schossen Erinnerungen an die Nacht in Frankfurt durch den Kopf und hallten in ihrem Leib wieder. Mühsam unterdrückte sie ein Seufzen. Sie wagte nicht, sich zu bewegen.

Sehnte sie sich doch nach seiner Berührung, während sie gleichzeitig wusste, dass sie ihn dann nicht mehr abweisen könnte.

Als hätte er ihre Gedanken erraten, hob er seinen Kopf und betrachtete nun wieder ihr Gesicht.

»Du willst mich also nicht mehr?« Seine Stimme klang dunkel und rau, seine Kiefermuskeln arbeiteten, als müsse er sich mühsam zurückhalten.

Sekundenlang blickten sie sich in die Augen, während Sonja sich auf die glatte kalte Fläche hinter sich konzentrierte. Der Edelstahl der Kabinenwand war der einzige Halt in dieser Situation, in der sie sich am liebsten in seinen Armen verloren hätte. Mühsam suchte sie die richtigen Worte zusammen.

»Ich will keine Affäre mit meinem Chef.« Leise und unsicher klang das in ihren Ohren und seine Reaktion zeigte deutlich, dass er ihr nicht glaubte.

»Dann trifft es sich ja gut, dass ich auch keine Affäre will.«

Sonja schloss die Augen, um den Bann zu brechen. Er wollte sie nicht verstehen.

»Lass mich in Ruhe meine Arbeit machen.« Dieses Mal fand sie sich selbst überzeugender. Sie straffte sich und er trat einen Schritt zurück.

»Ist das dein letztes Wort?«

Wieder drohte sie, in seinen Augen zu versinken. »Ja.«

Mit verkniffenem Mund drehte sich Hassan zur Schalttafel um und drückte die Vier.

Ohne ein weiteres Wort verließ Sonja im vierten Stock den Aufzug. Als sich die Tür hinter ihr geschlossen hatte, lehnte sie sich einen Moment an die Wand des Gangs.

Verstohlen wischte sie die schweißnassen Hände an der Hose ab und versuchte, ihren Atem zu beruhigen.

Er wollte keine Affäre, hallte es in ihrem Kopf nach. Er meinte es also ernst, und trotzdem würde sie sich nicht mit ihm einlassen. Dieser Entschluss stand fest, so sehr er sie auch gerade durcheinandergebracht hatte. Mit einem schnellen Blick in beide Richtungen straffte sie sich und zwang sich, die Begegnung zu vergessen. Leider prickelte ihre Haut noch und im Bauch machte sich ein Ziehen bemerkbar. Sie begann sich über ihre Gefühle zu ärgern. Hassan hatte sie nicht einmal berührt – und genau das war um ein Vielfaches erotischer gewesen, als alles, was sie sich in den letzten Tagen ausgemalt hatte.

»Da sind Sie ja, Frau Müller«, die ältere Dame begrüßte Sonja herzlich und ging voraus in ihr Zimmer. »Danke, dass Sie sich so um mich kümmern.«

»Aber das ist doch selbstverständlich, Frau Heine. Sie sprachen davon, dass Sie einige Briefe abschicken möchten?«

»Ja, hier sind sie, und ich bräuchte dann neues Briefpapier, wenn Sie so freundlich wären?«

»Natürlich. Ich kümmere mich darum. Haben Sie sonst noch einen Wunsch, Frau Heine?«

»Inzwischen fühle ich mich wieder fit genug, um endlich den Dom zu besichtigen. Was sollte ich mir denn sonst noch anschauen?«

»Wollen Sie an einer Führung teilnehmen oder sich selbst ein Bild machen? Interessieren Sie sich eher für Bauwerke oder für Museen?«

»Ach, ich weiß nicht so recht. Vielleicht lieber eine Führung?«

»Ich könnte Ihnen einige Angebote zusammenstellen, wenn Sie Interesse haben.«

»Das wäre nett, vielen Dank.«

Auf dem Weg nach unten wurde Sonja bewusst, dass sie in der Konzentration auf ihre Arbeit die Begegnung mit Hassan gut hatte beiseiteschieben können. Also musste sie sich nur auf ihren Job konzentrieren, dann würde sie diesen Tag überstehen.

Trotzdem mogelte sich das Bild seines Gesichts immer wieder in ihren Kopf, während sie die verschiedenen Führungen im Dom, der Altstadt und auch die Museen zusammenstellte.

»Alles klar?« Bianca stand neben ihr, Gäste waren gerade keine am Tresen.

»Ja, warum fragst du?«

»Weil du laut geseufzt hast. Was machst du denn da?«

»Frau Heine hat mich gebeten, ihr einige Angebote zusammenzustellen«, Sonja deutete auf den Bildschirm, auf dem Termine für Führungen in der Domschatzkammer zu sehen waren.

»Geht es Frau Heine besser?«

»Wie es scheint, ja«, Sonja zuckte mit den Schultern und druckte die letzten Seiten aus.

»Ich werde das schnell hochbringen, wenn du einverstanden bist.«

»Klar, mach nur, hier ist es ja momentan ruhig.« Bianca wandte sich wieder ihrem Computer zu und Sonja war erleichtert, dass sie nicht weiter nachgehakt hatte. Hatte sie wirklich geseufzt? Peinlich. Auf dem Weg zum Aufzug fiel ihr noch ein, dass sie ja auch Briefpapier mitbringen sollte und so machte sie noch einmal kehrt, um das Magazin aufzusuchen.

Unterwegs war sie allein mit ihren Gedanken und so erinnerte plötzlich alles an Hassan. Sie vermied zwar, sich gegen die Aufzugwand zu lehnen, aber trotzdem durchlebte sie die Begegnung mit ihm ein zweites Mal, während sie in den vierten Stock hochfuhr. Um sich abzulenken, kontrollierte sie noch einmal die Reihenfolge der Unterlagen in der Mappe, die sie zusammengestellt hatte. Vorn die aktuellen Termine für Führungen, danach die Prospekte der Sehenswürdigkeiten und Museen. Natürlich war alles so, wie sie es haben wollte und inzwischen hielt der Aufzug.

Frau Heine zeigte sich sehr dankbar und schien tatsächlich erstmals seit ihrer Ankunft das Hotel verlassen zu wollen. Auf dem Rückweg musste Sonja darüber schmunzeln, dass sich die alte Dame hier verwöhnen ließ.

Neue Beziehungen

An der Rezeption riss sie sich zusammen. Unter keinen Umständen sollte es passieren, dass ihr noch einmal unbemerkt ein Laut entfuhr. Bianca war zwar eine nette Kollegin, aber bislang hatten sie kaum Persönliches ausgetauscht.

Derart mit sich beschäftigt, bemerkte sie zunächst nicht, dass Bianca in ein Gespräch mit Hassan verwickelt war. Erst als sie einem Gast geholfen hatte und kurz zu ihrer Kollegin herüberschaute, sah sie beide leise scherzen und lachen. Einen flüchtigen Moment lang schaute er zu Sonja herüber, wandte sich dann wieder lächelnd Bianca zu.

Nur nichts anmerken lassen. Mit diesem Gedanken zwang Sonja sich, einen Blick in das Foyer zu werfen, ob weitere Gäste zu erwarten waren, bevor sie sich an ihren PC setzte. Ihre Ohren ließen sich jedoch nicht so leicht steuern. Jetzt hörte sie beide Stimmen in ihrem Rücken und einzelne Worte und Satzfetzen drangen zu ihr durch. »Heute Abend«, »Essen«, hörte sie, und dann: »... abgemacht, dann hole ich dich ab.« Er duzte sie? Noch immer drehte sich Sonja nicht um, schaute nur gelegentlich über den Tresen, um nach möglicher Kundschaft zu schauen.

Erst nach der Arbeit erlaubte sie sich, über das Gehörte nachzudenken. Hatte Hassan sich nach der Aktion im Aufzug postwendend mit Bianca verabredet? Wie passte das alles zusammen? Wie sie es auch drehte und wendete, sie verstand sein Verhalten nicht.

Nur zu deutlich spürte sie den Stachel, der sich schmerzhaft bemerkbar machte, je länger sie über die Szene nachdachte.

Abends daheim griff sie zum Handy, um Marie anzurufen. Kaum dass diese sich gemeldet hatte, hörte sie ein Rascheln am anderen Ende und dann: »So, jetzt habe ich es mir im Sessel bequem gemacht. Schieß los!«

Sonja schloss die Augen. Es tat so gut, wie selbstverständlich Marie sich Zeit für sie nahm. Auch sie machte es sich auf ihrem Bett gemütlich, stopfte das Kissen in ihrem Rücken zurecht und begann: »Erinnerst du dich, dass ich dir nach der Therme von Hassan erzählt habe?« Sie war sich sicher, dass Marie sich an jedes Wort erinnerte, aber sie brauchte einen neutralen Einstieg.

»Als ich ihn in Frankfurt verlassen habe, stand für mich fest, dass es ein einmaliges Erlebnis war, und jetzt habe ich ihn hier in Aachen wiedergetroffen.«

Marie am anderen Ende jubelte: »Aber das ist doch großartig!« In die Stille, die ihrem Ausruf folgte, fragte sie besorgt: »Gibt es ein Problem?«.

»Er ist mein neuer Chef.«

»Ups. Also verdankst du ihm die neue Stelle?«

»Er sagt nein – und das glaube ich ihm«, fügte sie schnell hinzu.

»Was genau ist dir denn so unangenehm an der Sache?«

Wie schön, dass Marie sich so gut darauf verstand, Sonjas Stimmungen zu erahnen.

»Er möchte weitermachen, wo es in Frankfurt endete, aber ich kann mich doch nicht mit meinem Chef einlassen.«

»Na ja, ich könnte mir vorstellen, dass es Frauen gibt, die damit kein Problem hätten.« Nur kurz unterbrach sie sich, während Sonja schnaubte. »Kannst du mir erklären, was genau dich daran stört?«

»Ich freue mich, wieder in meinem alten Job zu arbeiten. Du weißt doch noch, wie gern ich in Köln im Hotel war, die Ausbildung, der Kontakt zu den Kunden. Ich verstehe gar nicht mehr, wie ich das aufgeben konnte für das Wolkenkuckucksheim von Nick. Ich liebe meine Arbeit!«

»Verstanden habe ich das damals auch nicht, aber du hattest diese fixe Idee, möglichst schnell mit Nick eine Familie zu gründen. Nur gut, dass es nicht geklappt hat.«

»Oh ja. Wenn ich mir vorstelle, in diesem finanziellen Chaos noch ein Kind versorgen zu müssen.« Sonja schluckte. »Ich will das alles nicht wieder aufs Spiel setzen, nur weil mir ein Mann über den Weg läuft.«

»Korrigier mich, aber wenn du von ihm sprichst, klingt es nicht so, als sei er *irgendein* Mann für dich.«

Stille folgte auf diese Feststellung.

Sonja überlegte. Was wollte sie preisgeben? Dass sie immer noch von der Nacht in Frankfurt träumte? Dass allein sein Anblick ihr Herz schneller schlagen ließ? Mit wem sonst sollte sie offen reden, wenn nicht mit Marie?

»Die Nacht in Frankfurt war ... Ich kann es kaum in Worte fassen. Sowas habe ich noch nie erlebt, Marie.«

»Wow. Er ist also richtig gut?«

»Oh, ja.«

»Wann hast du ihn denn wiedergesehen? Seid ihr euch im Hotel wiederbegegnet?«

»Nein, er hat mir an dem Abend Gesellschaft geleistet, als ich Nick getroffen habe. Du erinnerst dich?«

»Du hast nur erzählt, dass du Nick getroffen hast, Hassan oder einen gemeinsamen Abend mit ihm hast du nicht erwähnt.«

»Ich war mir einfach unsicher, was ich wollte. Wollte mir erst sicher sein.«

»Und jetzt bist du dir sicher?«

»Sicher, dass ich nichts von ihm will? Ich glaube schon.«

»Du glaubst es?«

»Es hat sich nicht gut angefühlt, es ihm zu sagen.«

»Was hast du ihm denn gesagt?« Marie klang überrascht.

»Ich habe ihm gesagt, dass wir es lassen sollen. Er hat mir daraufhin gesagt, dass er nicht an einer Affäre interessiert sei. Verdammt, es reicht schon, wenn er mich anschaut und mir wird heiß. Ich kann mir nicht vorstellen, im Hotel zu arbeiten und mit ihm zusammen zu sein. Aber ihm jetzt zu begegnen, ihn zu sehen, zu erleben, dass er sich mit einer Kollegin verabredet.«

»Er tut was?!«, unterbrach Marie.

»Nachdem ich meine Absage an ihn bekräftigt habe, hat er sich noch am gleichen Tag mit meiner Kollegin von der Rezeption verabredet.«

Marie schien es die Sprache verschlagen zu haben.

In den folgenden Tagen kam es immer mal wieder vor, dass Hassan zur Rezeption kam, um mit Bianca zu sprechen. Sonja mühte sich nach Kräften, die Gesprächsfetzen oder schlimmer noch, das leise Geturtel zu ignorieren.

Mit Bedauern nahm sie wahr, dass sie selbst auf Distanz zu Bianca ging, einer netten Kollegin, mit der sie sich bisher sehr gut verstanden hatte.

Anscheinend hatte sie einen Moment ihren Gedanken nachgehangen, als sie Biancas Stimme hörte: »Willst du nicht ans Telefon gehen?«

Nach einem tiefen Atemzug nahm sie den Hörer ab: »Hotel Karlshof, Sonja Müller am Apparat, was kann ich für Sie tun?«

»Armadi hier, kommen Sie bitte kurz in mein Büro?«

Sonja fühlte ihr Gesicht brennen. Sie hatte nicht bemerkt, dass der Anruf gar nicht von außerhalb kam, sondern intern aus dem Haus, und das ausgerechnet beim Manager. Peinlich.

»Natürlich. Ich komme sofort.«

Als am anderen Ende aufgelegt wurde, brauchte Sonja einen Moment, sich zu sammeln.

»Was gibt es?« Biancas Stimme riss sie aus ihrer Starre.

»Ich soll zum Manager kommen. Übernimmst du?«

»Klar«, die Kollegin schüttelte kurz den Kopf. »Wenn der Chef ruft, eilen wir. Wahrscheinlich will er mit dir das Ende der Probezeit besprechen. Er hat dich erschreckt, wie?«

»Irgendwie schon«, den genauen Grund behielt sie natürlich für sich und machte sich auf den Weg.

»Frau Müller, bitte nehmen Sie doch Platz.« Herr Armadi wies auf den Sessel vor seinem Schreibtisch. »Wie ich hörte, haben Sie sich gut eingefunden bei uns. Da Ihre Probezeit bald endet, möchte ich mit Ihnen über mögliche Perspektiven hier im Haus sprechen.«

Sonja schob alle anderen Gedanken beiseite und konzentrierte sich nur noch auf ihr Gegenüber. Sie erfuhr, dass die Kollegen sich positiv über sie geäußert hatten, dass ihre Einarbeitung ungewöhnlich schnell gelungen sei und auch die Gäste sehr zufrieden seien.

»Ich freue mich sehr, wieder in meinem Beruf arbeiten zu können.«

»Das merkt man.« Der Manager nickte ihr lächelnd zu. »Wie interessiert sind Sie an Veränderungen?«

Was meinte er? Sollte sie in eine andere Abteilung versetzt werden?

Vorsichtig fragte sie: »Was meinen Sie?«

»Grundsätzlich interessiert es mich, ob eine Mitarbeiterin oder ein Mitarbeiter an Fortbildungen interessiert ist, ob der Arbeitsbereich zur Persönlichkeit passt, und nicht zuletzt, wie ambitioniert jemand ist.«

Mühsam zwang Sonja ihre rasenden Gedanken zurück zu dem, was ihr Gegenüber gerade gesagt hatte, und legte sich ihre Antwort zurecht.

»Ich arbeite sehr gern an der Rezeption.«

Sie musterte sein Gesicht und versuchte zu ergründen, ob er wusste, oder ahnte, dass sie Hassan näher kannte. Auch er beobachtete sie.

»Fühlen Sie sich manchmal unterfordert?«

Was sollte diese Frage?

»Ich langweile mich nicht, wenn Sie das meinen.«

Er lachte: »Nein, das meinte ich nicht. Haben Sie Interesse daran, sich fortzubilden und sich stärker im Management zu engagieren?«

Darum ging es also. Sonja hatte Mühe, sich ihre Erleichterung nicht zu sehr anmerken zu lassen.

»Ja, ich würde mich gern weiterbilden. Natürlich müssen die Konditionen stimmen.«

Wieder lächelte Armadi. »Ihre klare Art hat mich schon beim Vorstellungsgespräch überzeugt. Es gibt Zertifikatskurse für die Sie freigestellt werden können, bei voller Bezahlung. Selbstverständlich erwarten wir im Gegenzug, dass Sie unserem Unternehmen für eine angemessene Zeit zur Verfügung stehen und nicht gleich nach der Weiterbildung zur Konkurrenz wechseln.«

»Gibt es ein konkretes Angebot oder sprechen wir hier von einer Möglichkeit?«

»Ihr Interesse vorausgesetzt, werde ich mich nach einer geeigneten Maßnahme umschauen und Ihnen dann Bescheid geben, auch was die genauen Konditionen angeht.«

Hochzufrieden verabschiedete sich Sonja ein paar Minuten später vom Manager.

Noch vollkommen in Gedanken, bemerkte sie Hassan erst, als sich die Fahrstuhltüren schlossen. Bevor sich die Kabine in Bewegung setzen konnte, schaltete er die Liftboy-Steuerung ein.

Wie beim letzten Mal stellte er sich unmittelbar vor sie, ohne sie zu berühren. Einen Atemzug lang schauten sie sich in die Augen, dann umfasste er ihr Gesicht. Zärtlich strichen seine Finger über ihre Brauen, sein Daumen streichelte ihren Mund.

Sonja hatte das Gefühl, unter seinen Händen dahinzuschmelzen. Sicher spürte er ihren schnellen Herzschlag, denn sie sah seine Augen aufleuchten.

»Nur ein Wort«, murmelte er, »sag nur ein Wort und ich bin ganz dein.«

Damit zerbrach etwas in ihr. Sie versteifte sich und schloss die Augen.

»Sag mir einen Grund, warum ich dich haben wollen sollte, wenn du so mit Frauen umgehst. Kaum sage ich nein, gehst du mit Bianca aus und jetzt? Ein Wort von mir genügt und du schickst sie in die Wüste? *Wieso* sollte ich einen Mistkerl wie dich haben wollen?«

Ihre Stimme war mit jedem Wort kühler und schneidender geworden, und er zuckte zurück.

Sonja nutzte die Situation und ließ den Fahrstuhl weiterfahren.

Im Erdgeschoss verließ sie die Kabine, ohne einen weiteren Blick zurückzuwerfen. Statt zur Rezeption ging sie allerdings zur Treppe und stieg ins Untergeschoss hinab. Auf direktem Weg suchte sie die Umkleideräume des Personals auf. Sie schloss die Tür hinter sich und ließ sich mit einem Schluchzen dagegen sinken. Es tat so weh, ihn endgültig von sich gestoßen zu haben. Gleichzeitig schalt sie sich eine dumme Kuh, dass er immer noch diese Wirkung auf sie hatte. Sie hatte seine Berührungen genossen, wollte mehr von ihm spüren. Doch dann zwang sie sich, daran zu denken, was er nach ihrem *Nein* getan hatte. Hatte er nur mit Bianca angebandelt, um sie eifersüchtig zu machen? Was für ein Mistkerl! Als eine Träne auf ihre Hand tropfte, ging sie weiter in den Waschraum. Ein Blick in den Spiegel zeigte das Desaster: Verlaufener Mascara unter geröteten Augen ließ sie wie eine Eule aussehen. Kaltes Wasser beseitigte die Farbe und beruhigte das Brennen der Augen, aber dann erschrak sie. Ausgerechnet Bianca stand in der Tür und schaute sie besorgt an.

»Was ist los? Ich habe gesehen, dass du zur Treppe gegangen bist.«

Sonja schüttelte nur den Kopf. Was sollte sie ihr sagen?

»Wenn du nicht darüber sprechen willst, ist das natürlich in Ordnung. Ich übernehme einfach die nächste halbe Stunde und du beruhigst dich und machst dich frisch. Einverstanden?«

Bianca hatte eigentlich jetzt frei, während Sonjas Schicht gerade begonnen hatte. Der Gedanke an diese Gefälligkeit fühlte sich nicht gut an, aber ein Blick in den Spiegel zeigte, dass sie so unmöglich an die Rezeption zurückkehren konnte. Widerwillig nickte sie. Erleichtert sah sie, wie Bianca verschwand.

Noch einmal spritzte sie sich kaltes Wasser ins Gesicht, atmete tief durch und ging zu ihrem Spind, um ihr Make-up zu erneuern. Danach hatte sie sich soweit gefasst, dass sie sich zutraute, weiterzuarbeiten.

»Geht's wieder?«

»Ja, danke, dass du eingesprungen bist.«

»Das ist doch selbstverständlich. Es kommt bestimmt mal eine Gelegenheit, bei der du dich revanchieren kannst.«

Sonja nickte nur. *Bianca kann nichts dafür*, sagte sie sich, *Hassan ist der Schuldige.* Ob sie zu einem späteren Zeitpunkt mit Bianca reden sollte? Sie warnen?

Jetzt jedoch begann ihre Schicht und ihre Kollegin ging in den überfälligen Feierabend.

Beim nächsten gemeinsamen Dienst, zwei Tage später, bemerkte sie, dass Bianca verträumt hinter zwei Männern herschaute, die gerade das Hotel verließen, Hassan und Lubaid Armadi.

Die Kollegin wandte sich seufzend ihrem Rechner zu und beantwortete die Buchungsanfragen, die per Mail hereingekommen waren. Sonja konnte sich nicht gegen das Mitgefühl wehren, das sie bei ihrem Anblick spürte.

Als sie sich nach der Arbeit gemeinsam umzogen, wirkte Bianca eindeutig traurig.

Sonja fasste sich ein Herz und sprach sie an: »Danke noch mal für neulich.«

»Wie? Ach so, das war ja selbstverständlich.«

Bianca wirkte abwesend. *Ob ich auch so gewirkt habe?* Sonja beobachtete sie.

»Habt ihr heute Abend nichts vor?«

Jetzt blickten sie sich an. »Du hast bemerkt, dass ich mit Ha... mit Herrn Djamali ausgegangen bin?«

Sonja schnaubte leise. »Wenn ich gekonnt hätte, hätte ich es gern überhört, aber dafür war ich nicht weit genug weg.« Sie grinste schief.

Das Grinsen übertrug sich, hatte aber einen niedergeschlagenen Touch bei Bianca. »Wir haben uns getrennt.«

»Oh ... das tut mir leid.«

»Das muss es nicht.« Ein Ruck durchfuhr die blonde Kollegin. Sich aufrichtend erklärte sie: »Eigentlich war mir von Anfang an klar, dass er in einer anderen Liga spielt. Ich habe es einfach genossen, dass er mich zum Essen ausgeführt hat. Mit ihm bin ich in Restaurants gekommen, die ich allein nie betreten hätte. Er hat wirklich Ahnung, wenn es um gutes Essen geht, und es waren wundervolle Abende. Mir war immer klar, dass es nicht von Dauer sein würde.«

Atemlos hörte Sonja zu. Hassan hatte sich von ihr getrennt? Wann? Gestern?

»Was meinst du damit, dass es nicht von Dauer sein würde?«

»Hassan ist eigentlich nicht mein Typ. Ich wohl auch nicht seiner. Trotzdem war es schön, unterhaltsam, erfrischend.« Nach einer längeren Weile, in der sie beide ihren Gedanken nachhingen, fügte sie hinzu: »Nur eins tut mir leid.«

Sonja merkte auf und neigte den Kopf.

Auch Bianca hob nun den Blick und schaute Sonja an. »Wir haben nie ... Da ist man mit dem schärfsten Kerl aus ganz Aachen zusammen ausgegangen, trinkt Cocktails – und nichts. Ich hätte so gern mal gesehen, wie er unter seinem Anzug aussieht.«

Darauf wusste Sonja nichts zu entgegnen.

»Hast du Lust, noch etwas trinken zu gehen? Ich glaube, ich möchte noch nicht nach Hause.«

Einerseits war Sonja unwohl bei dem Gedanken, andererseits war ihr die Kollegin aber von Anfang an sympathisch gewesen und jetzt stand ja nichts oder niemand mehr zwischen ihnen. Sie sagte zu.

Endlich Alltag

Hassan bekam sie in den nächsten Wochen nicht zu Gesicht. Der Umgang mit Bianca entspannte sich, und Sonja freute sich, dass sie nun wieder unbefangen mit der Kollegin umgehen konnte. Erst im Nachhinein wurde sie sich bewusst, wie viel Kraft es sie gekostet hatte, das Techtelmechtel zwischen Bianca und Hassan zu übersehen.

Natürlich konnte die Kollegin Marie nicht ersetzen, aber ab und zu mit ihr nach der Arbeit noch auszugehen, tat Sonja gut.

Nach einem gemeinsamen Abend im Biergarten radelte Sonja nach Hause. Die Luft war noch lau und es war später geworden, als sie beabsichtigt hatte. Die Aachener Innenstadt leerte sich zusehends, und als sie im Licht der Straßenlaternen über den Markt fuhr, bemerkte sie neben ihrem Weg eine Gruppe von Menschen, die sich zunächst bewegungslos gegenüberstanden. Irgendetwas irritierte Sonja und veranlasste sie, genauer hinzuschauen. Gleichzeitig trat sie in die Pedale, um zügig über den Platz zu fahren, und hielt einen gewissen Sicherheitsabstand. Als sie etwa auf gleicher Höhe war, stellten sich ihre Nackenhaare auf. An dem Bild hatte sich nichts verändert, aber es lag eine bedrohliche Stimmung in der Luft. Sie erhöhte das Tempo und widerstand dem Impuls, beobachtend zu der Gruppe hinüberzustarren. Aus dem Augenwinkel sah sie einen Mann, der wie es schien, von den anderen bedrängt wurde. »Kanake«, drang an ihr Ohr und »Pack«.

Kurze Zeit später hatte sie die nächste Straßenecke erreicht. Sie bog ab, bremste aber gleichzeitig. Die Straße vor ihr war leer und hinter ihr war es lauter geworden.

Nur einen Moment überlegte sie, dann wendete sie ihr Rad und schob es vorsichtig zurück, bis sie freie Sicht auf den Platz hatte. Jetzt war deutlich zu erkennen, dass sich fünf junge Männer um einen weiteren scharten und diesen in ihrem Kreis herumschubsten. Der in der Mitte versuchte augenscheinlich, die Stimmung zu beruhigen, aber das schien den anderen nicht zu gefallen. Sie pöbelten und provozierten weiter und die Stöße wurden heftiger.

Kurzentschlossen zückte Sonja ihr Handy, schoss zunächst ein paar Fotos und wählte dann die 110.

Nach einem Knacken hörte sie eine automatische Ansage: »Polizeinotruf, bitte legen Sie nicht auf.« Erst nach unendlichen zwei Atemzügen knackte es nochmals und sie hatte einen Gesprächspartner.

Leise zog sie sich etwas zurück, so dass sie gerade noch um die Ecke spitzen konnte.

»Hallo, hier ist Sonja Müller, ich rufe vom Marktplatz aus an. Hier wird gerade ein Mann verprügelt.«

»Wo befinden Sie sich genau?«

»Ich stehe hier an der Ecke«, Sonja orientierte sich im Licht der Straßenlaternen, »Grosskölnstraße und Mostardstraße. Die Männer sind etwa fünfzig Meter von mir entfernt, pöbeln lautstark und ... Nein!«

Sonja hatte unwillkürlich aufgeschrien. Sie hatte den Schlag nicht gesehen, aber der Mann, um den sich die anderen scharten, ging zu Boden. Während der Kreis sich enger schloss, sah einer der Täter genau zu ihr.

Einen Moment starrten sich beide an, dann stieß er einen Kumpel an und deutete auf sie. Die zwei schauten kurz zu Boden, auf dem sich ihr Opfer nun zusammengerollt hatte und einige Tritte einstecken musste, dann setzten sie sich in Bewegung und kamen auf Sonja zu.

Starr vor Schreck hörte Sonja die Stimme des Polizisten am Telefon: »Frau Müller? Was ist geschehen?«

Sie brachte keinen Ton heraus, konnte nur auf die Männer starren, die sich langsam und bedrohlich näherten. Kraftlos ließ sie das Handy sinken. Ob die Polizei rechtzeitig kommen würde?

»Hi, schöne Frau, bist du ganz allein unterwegs?«, ein schmieriges Grinsen begleitete seine Ansprache. Die Haare an den Seiten waren bei beiden extrem kurz, oben waren sie zur Seite gegelt. Zur Jeans trugen sie Shirts, deren Aufschrift Sonja nicht lesen konnte, da sie die die Straßenlaterne im Rücken hatten. Etwas irritiert registrierte sie die Details, während sie merkte, wie sie ruhig wurde.

»Nee, eigentlich nicht. Mein Mann hat gerade angerufen. Er wartet gleich hier ums Eck auf mich.«

»Ach, dein Mann ist am Handy?« Sein Ton war mehr als skeptisch.

»Klar, wollen Sie mit ihm sprechen?« Offensiv hielt ihm Sonja ihr Smartphone hin.

Nach kurzem Zögern griff der Mann danach und führte das Gerät zum Ohr. Bis zu Sonja drang ein deutliches: »Schatz? Was ist los?« Der Polizist in der Zentrale spielte also mit.

»Dein Schatz hat jetzt was anderes vor.«

»Wer sind Sie? Was machen Sie mit dem Handy meiner Frau?«

»Was ich damit mache? Das.« Mit diesem Satz warf er das Smartphone zu Boden, wo das Glas zersplitterte. Außerdem trat er auf das Gerät und Sonja hörte es knirschen.

»Also bist du jetzt doch allein.«

In diesem Moment gab Sonja ihrem Fahrrad einen Stoß, so dass es gegen die beiden Männer fiel. Sie selbst sprintete in die entgegengesetzte Richtung, weiter in die Straße, aus der sie ein leises Motorengeräusch vernahm. Sie hoffte, dass es sich bei dem Auto, das hörbar näher kam, um die Polizei handelte.

Tatsächlich bog ein Streifenwagen um die Ecke und kam auf sie zu. Winkend und rufend lief sie in Richtung des Autos, bis dieses neben ihr anhielt.

»Ich habe Sie gerufen, folgen Sie mir zum Markt, da sind die anderen Täter und das Opfer.«

Sonja machte kehrt und lief nun vor den Polizisten her, beiläufig bemerkte sie, dass die beiden Männer ihr nicht gefolgt, sondern wohl schon umgekehrt waren. Als sie um die letzte Häuserecke herumkam, sah sie ein weiteres Polizeiauto mitten auf dem Markt stehen, unmittelbar neben dem Schauplatz. Sie verlangsamte ihre Schritte und wurde überholt. Zwei Täter befanden sich in Gewahrsam, von den anderen war nichts zu sehen.

Außer Atem ging sie langsam auf die Gruppe zu. Ein Polizist half dem Opfer auf die Beine und unterhielt sich mit ihm. Im Näherkommen wurde ihr bewusst, was sie zuvor geahnt hatte.

Sie kannte den Mann, der bedrängt und geschlagen worden war.

Hassan stand nach vorn gekrümmt und hielt sich den Bauch. Nach ein paar Atemzügen richtete er sich mit leisem Ächzen auf. Als er den Kopf hob, fiel sein Blick auf sie. Seine Augen weiteten sich ungläubig.

»Sie haben den Notruf gewählt?« Die sonore Stimme von der Seite störte sie.

Eigentlich wollte sie nur nicken und zu Hassan gehen, aber sie ahnte, dass es nicht bei dieser einen Frage bleiben würde. Unwillig wandte sie sich daher dem Sprecher zu.

»Ja. Es waren fünf Täter. Ich habe auch Fotos gemacht, mit meinem Handy.« Sonja schaute sich suchend um. »Einer von den beiden, die mich verfolgt haben, hat es genommen und zerbrochen. Da vorne an der Ecke, beim Fahrrad.« Sie deutete auf das Rad, das am Boden lag.

»Habe ich Sie richtig verstanden, dass einer der Täter Ihr Handy in der Hand hatte?«

»Ja, er hat auch mit Ihrem Kollegen gesprochen. Werden die Notrufe mitgeschnitten? Dann haben Sie seine Stimme.«

»Wir kümmern uns darum.« Mit diesen Worten ließ er sie stehen und sie nutzte die Gelegenheit, weiter zu Hassan zu gehen. Wortlos standen sie sich gegenüber. Er hatte Erde an der Wange und eine Schramme an der Stirn. Sonst schien er unverletzt, was Sonja sich wegen der Tritte, die sie gesehen hatte, jedoch nicht vorstellen konnte.

»Ich bin Polizeimeister Weber, ich werde jetzt Ihre Personalien aufnehmen.«

Widerwillig löste Sonja ihren Blick von Hassan und wandte sich an den Polizisten.

»Ich denke, der Mann hier sollte sich erst einmal hinsetzen, bevor Sie ihn befragen.« Tatsächlich war Hassan blass geworden und schwankte leicht.

Weber schaute sich um. Die Stühle und Tische eines nahen Straßencafés waren zusammengestellt und mit einer Kette gesichert, aber sie waren nur wenige Schritte entfernt vom Karlsbrunnen. »Vielleicht dort? Der Rettungswagen ist unterwegs.«

Gemeinsam gingen sie zum Brunnen. Obwohl sie sich langsam bewegten, humpelte Hassan. Mit einem Seufzen ließ er sich auf der Brunnenumrandung nieder.

Sonja wollte ihm eine Pause gönnen. Daher übernahm sie die Regie: »Mein Name ist Sonja Müller. Ich kam mit dem Fahrrad über den Marktplatz gefahren und sah, wie fünf Männer sich um Herrn Djamali scharten.«

»Sie kennen sich?«

»Ja. Die Männer schubsten Herrn Djamali zwischen sich hin und her, und ich hörte Beleidigungen. Ich bin vorbeigefahren und habe an der Ecke dort drüben angehalten.« Sonja schilderte in wenigen Sätzen, was geschehen war. »Hier ist mein Ausweis.«

Sie hatte, während sie sprach, ihr Portemonnaie aus dem Rucksack geholt und hielt dem Polizisten nun ihre Papiere hin.

Der nahm sie, kontrollierte kurz den Namen und notierte sich dann ihre Daten. Sonja setzte sich neben Hassan auf den Brunnenrand. Auch ihre Knie waren inzwischen wacklig geworden.

Mit einem Dank gab Weber ihr den Perso zurück. »Und Sie, Herr Djamali? Haben Sie einen Ausweis?«

»Meine Brieftasche haben die Männer mitgenommen.«

»Also kein Ausweis.«

Sonja hob irritiert den Kopf. Der freundlich verbindliche Tonfall hatte sich verändert, nur um eine Nuance, aber dennoch.

»Und wo wohnen Sie?«

»Im Hotel Karlshof.«

»Sie sind also zu Gast hier in Aachen. Welcher Nationalität gehören Sie an?«

»Ich bin Franzose und mir gehört das Hotel. Deshalb bin ich auch dort gemeldet.«

Hassans Stimme klang gepresst.

»Das werden wir überprüfen. Was ist genau geschehen?«

Hassan berichtete, wie er, zu Fuß unterwegs, auf die Gruppe der angetrunkenen Männer gestoßen war. Einer habe ihn angerempelt und dies als Anlass genommen, lautstark zu pöbeln, dass er sich als Gast in Deutschland gefälligst benehmen solle. Die anderen hätten eingestimmt und seine Versuche, die Situation zu beruhigen, hätten nichts gebracht.

»Der Mann mit der dunklen Jacke«, er deutete auf den Polizeiwagen, in dem einer der beiden Festgenommenen saß, »hat mich dann niedergeschlagen. Danach habe ich versucht, mich, so gut es eben ging, vor den Tritten zu schützen.«

»Würden Sie die anderen Männer wiedererkennen?«

»Ich denke schon.«

Weber machte sich einige Notizen und ging dann zu seinen Kollegen am Streifenwagen. Was sie besprachen, drang nicht zu Sonja und Hassan durch.

Sie sah aus dem Augenwinkel, dass er auf den Boden vor sich starrte. Sachte legte sie ihre Hand auf seine. Einen Moment geschah nichts, dann nahm er ihre Hand und drückte sie. Diese stille Geste trieb Sonja die Tränen in die Augen. Sie biss die Zähne zusammen, um nicht laut zu schluchzen. Bewusst langsam atmete sie aus und hatte sich wieder im Griff, als ein Krankenwagen auf den Markt gefahren kam. Er fuhr zunächst auf die Streifenwagen zu, wurde aber weitergewinkt und hielt unmittelbar neben dem Brunnen.

Als ein Sanitäter Sonja ansprach, deutete sie auf Hassan. »Er ist niedergeschlagen worden, mir geht es gut.«

Nach einer kurzen Befragung half der Sanitäter Hassan auf die Beine und begleitete ihn zum Rettungswagen. Sonja schaute ihm nach und wandte ihre Aufmerksamkeit dann den Polizisten zu.

»Wenn er schwer verletzt ist, wird er ins Krankenhaus gebracht. Dann können wir ihn vorläufig nicht mit zur Wache nehmen.«

Weber wandte sich ihr wieder zu. »Ihre Daten haben wir, Ihre Aussage auch, im Prinzip können Sie nach Hause gehen.«

Ob er allen Überfallopfern so einfühlsam erlaubte, nach Hause zu gehen?

»Wenn Sie nichts dagegen haben, würde ich gern noch einen Moment hier sitzen bleiben.« Sonja hörte selbst, wie patzig das klang, anders als ihr Gegenüber.

»Brauchen Sie medizinische Hilfe? Soll ich den Sanitätern Bescheid geben?«

»Nein, danke, ich möchte einfach einen Moment hier sitzen.«

Kopfschüttelnd wandte Weber sich ab. Sonja hielt sich gerade noch zurück, ebenfalls den Kopf zu schütteln. Das war ja ein selten sensibles Exemplar von Mann. Nach einem leisen Schnauben beobachtete sie wieder, was im Rettungswagen vor sich ging – sofern sie aus den Schemen, die sich auf den mattierten Scheiben abzeichneten, überhaupt etwas erahnen konnte.

In Gedanken griff sie in ihren Rucksack und suchte nach dem Handy. Wo war es nur? Erst beim zweiten Durchsuchen des kleinen Beutels fiel ihr wieder ein, dass es ja kaputt war. Wie spät es wohl sein mochte? Die Sanitäter waren noch immer beschäftigt und Sonja machte sich Sorgen. Ob Hassan innere Verletzungen hatte? Musste er erst stabilisiert werden, bevor sie ihn in die Klinik fahren konnten? Ein Schreckensszenario nach dem anderen waberte durch ihren Kopf. Als sich die Tür öffnete, schrak sie zusammen. Der Sanitäter, der Hassan in den Wagen begleitet hatte, kam zielgerichtet auf sie zu.

»Frau Müller? Wie geht es Ihnen?«

Wieso fragte er sie das, er sollte sich doch um Hassan kümmern. Nicht sie, sondern er war überfallen worden. Statt auch nur ein Wort zu sagen, registrierte sie, dass ihr Tropfen auf die Hand fielen. Verwundert schaute sie an sich herab auf ihre zitternden Hände. Ging das schon länger so? Sie hatte nichts gemerkt. Hilfesuchend hob sie den Kopf und suchte den Blick des Sanitäters.

Er kommentierte mit ruhigem Ton: »Sie haben einen Schock. Ich werde Sie jetzt zum RTW begleiten. Können Sie aufstehen?«

Konnte sie? Sonja war sich nicht sicher, versuchte es aber. Er reichte ihr seine Hand und half ihr auf. Aber was war das? Ihre Knie schienen sich selbstständig gemacht zu haben. Unkontrollierbar zitterten sie und erschwerten ihr das Gehen, machten es fast unmöglich. Sonja war es unendlich peinlich, wie ungelenk sie Fuß vor Fuß setzte. Die kurze Strecke bis zum Rettungswagen kam ihr elend lang vor, aber schließlich kletterte sie mit Unterstützung die Stufen ins Innere hinauf. Selbst beim Hinsetzen brauchte sie seine Hilfe und schlotterte inzwischen am ganzen Leib. Kaum saß sie, schob er ihr eine Manschette über den Arm. Sonja beobachtete, wie er ihren Blutdruck maß, hatte jedoch das Gefühl, dass es nichts mit ihr zu tun hätte. War das ihr Arm, der nun wieder von der Manschette befreit neben ihr herabhing? Probeweise bewegte sie ihre Hand und legte sie auf ihrem Schoß ab. Das Zittern ließ langsam nach.

»Können Sie sich anschnallen? Wir fahren jetzt ins Klinikum.« Sonja nickte und suchte nach dem Sicherheitsgurt. Es ging besser als befürchtet, und mit einem hellen Klicken rastete der Verschluss ein. Der Sanitäter lächelte zufrieden, setzte sich und schnallte sich ebenfalls an, während sie losfuhren.

Hassan lag mit geschlossenen Augen auf der Liege. Sonja hatte das Gefühl, dass jede Bodenunebenheit ungedämpft zu ihnen durchschlug. Er ächzte leise und sie machte sich Sorgen um ihn. Der Sanitäter wirkte jedoch ruhig. Er lächelte ihr aufmunternd zu.

Das Zittern hatte inzwischen so weit nachgelassen, dass sie sich traute, Hassans Hand zu ergreifen.

Auch jetzt erwiderte er den Händedruck, was sie erleichtert aufseufzen ließ. Der Kontakt schien ihnen beiden gutzutun, Sonja merkte, wie sie ruhig wurde und auch als der Krankenwagen durch ein tieferes Schlagloch rumpelte, kam von Hassan kein Laut.

Vor der Notaufnahme des Klinikums, half der Sanitäter ihr aus der Kabine, bevor er mit seinem Kollegen die Trage herausholte. Sonja ging neben Hassan her, als er in einen Untersuchungsraum geschoben wurde. Nur kurz waren sie allein, dann betrat eine Frau im weißen Kittel den Raum. Sie fragte Hassan nach seinem Namen und dann danach, was geschehen war.

»Und Sie? Sind Sie eine Verwandte?«

Sonja schüttelte den Kopf. »Nein, ich ...«

»Dann muss ich Sie bitten, den Raum zu verlassen. Warten Sie bitte draußen.«

Ihr Ton war bestimmt und Sonja hatte nicht die Energie, dagegen aufzubegehren.

»Sonja?« Hassan hob den Kopf und verzog das Gesicht. Etwas gepresst erklang: »Danke.«

»Schon gut.« Sie war verlegen und schlich auf den Flur. Unschlüssig, was sie nun tun sollte, stand plötzlich der Sanitäter wieder vor ihr.

»Geht es Ihnen besser?«

»Ja, danke. Ich weiß nicht, was das war. Ich habe sowas noch nie erlebt.«

»Wie oft sind Sie denn schon Zeugin eines Überfalls geworden?«

»Daran könnte es gelegen haben.« Sie grinste gequält.

»Hat sich schon ein Arzt um Sie gekümmert?«

»Nein, aber das ist auch nicht wichtig. Mir fehlt nichts.«

»Sind Sie sicher? Ich hatte den Eindruck, dass Sie ziemlich mitgenommen waren.«

Sonja musste sich eingestehen, dass dies auch so gewesen war. Jetzt stand sie aber wieder sicher auf ihren Beinen und musste plötzlich gähnen.

»Entschuldigung.«

»Schon gut. Das zeigt nur, dass Sie auf dem Weg der Besserung sind. Der Parasympathikus übernimmt das Kommando. Ihr Stress hat nachgelassen.«

In diesem Moment ging sein Pieper und er verabschiedete sich.

Sonja setzte sich in den Wartebereich. Sie war allein und es dauerte nicht lange, bis ihr die Augen zufielen.

Mit steifem Hals erwachte sie. Blinzelnd versuchte sie, sich zu orientieren. Sie war im Krankenhaus und Hassan? Obwohl sie intensiv lauschte, hörte sie nichts, kein Gemurmel erklang mehr hinter der Tür, die nicht vollständig geschlossen war. Ihren Nacken streckend stand sie auf, um einen Blick in den Untersuchungsraum zu werfen. Hier war niemand mehr. Merkwürdig. Wie viel Zeit verstrichen war, konnte sie nicht abschätzen. Auf der Suche nach einer Krankenschwester oder einem Arzt ging sie den Gang entlang, der wie ausgestorben wirkte. Niemand begegnete ihr, als sie unbewusst zum Ausgang schlenderte, bis sie im Foyer ankam. Durch die Glastüren sah sie, dass der Tag bereits dämmerte. Und jetzt? Warten, bis sie jemanden antraf, der ihr Auskunft geben konnte? Sie gähnte herzhaft. Hassan war gut versorgt, so hoffte sie, also beschloss sie, nach Hause zu gehen und sich ins Bett zu legen.

Sie entdeckte die Bushaltestelle direkt vor dem Haupteingang. Ob überhaupt schon ein Bus fuhr?

Sie hatte Glück, an Werktagen begann der Fahrplan um fünf und so kam sie eine Dreiviertelstunde später im Wohnheim an. Mit einem stillen Dank, dass sie nun zwei Tage frei hatte, sank sie ins Bett.

Spät nachmittags erwachte sie aus ihrem tiefen traumlosen Schlaf. Ob sie zum Krankenhaus fahren sollte? Gestern hatte man sie weggeschickt, also würde sie auch heute wohl keine Auskunft bekommen. Wollte sie Hassan besuchen? Vielleicht war er auch schon längst nicht mehr dort. Sie könnte anrufen, oder nein, das Handy lag zerbrochen bei der Polizei.

Nach einer ausgiebigen Dusche stieg sie die Treppe zum Büro von Schwester Marlies hinunter und fragte, ob sie telefonieren dürfe.

»Handy kaputt? Klar kannst du anrufen.«

»Hast du auch ein Telefonbuch?«

Das lag augenscheinlich unbenutzt in einer Schublade und Sonja bemerkte, dass sie Marlies Neugier geweckt hatte. Die Nummer der Polizeidienststelle war schnell herausgesucht und Sonja ließ sich mehrfach weiterverbinden, bis sie die Auskunft erhielt, das Handy sei zerstört, aber die SIM-Karte sei intakt und ausgelesen. Sie könne ihre Sachen gern abholen.

In Gedanken ging Sonja ihre Bilder und Kontakte durch und fand nichts, was außer ihr niemand wissen durfte. Die nächste Überlegung galt den Kosten für ein neues Handy. Genervt schnaubte sie.

»Tee?«

Sonja musste grinsen. Marlies hielt sich mit Fragen zurück, aber bei bisherigen Teerunden hatte sie hinterher immer gewusst, was Sonja gerade bewegte.

»Gern«, vielleicht tat es gut, sich den gestrigen Abend von der Seele zu reden. Während Marlies die Teekanne füllte und Becher auf den Tisch stellte, begann Sonja zu erzählen. Vom Überfall, von ihrer Sorge und von der Nacht im Krankenhaus.

»Was hat er denn abbekommen, wie geht es ihm?«

»Ich weiß es nicht.« Sonja merkte, dass ihr dies zu schaffen machte.

Marlies musterte sie, enthielt sich aber eines Kommentars. Das war das Schöne an den Gesprächen hier im Büro. Wann immer Sonja nicht mehr erzählen wollte, akzeptierte Marlies still diese Grenze und drängelte nicht. »Danke, ich werde mal mein Fahrrad vom Markt abholen, wenn es noch da ist. Ich habe gestern ganz vergessen, es abzuschließen.«

»Verständlich. Viel Glück!«

Auf dem Weg zurück in ihr Zimmer schaute Sonja noch in den Postkasten und war erstaunt, ein flaches Päckchen vorzufinden. Als sie es aufriss, fand sie ein Smartphone und eine handgeschriebene Notiz. Unterschrieben mit Lubaid Armadi, war zu lesen, dass er sie leider nicht angetroffen habe, um ihr das Handy persönlich zu geben. Er habe es im Auftrag von Herrn Djamali besorgt, als Wiedergutmachung für ihren Schaden, den sie seinetwegen erlitten habe.

Hassan hatte den Manager beauftragt, ihr ein Telefon zu kaufen? Positiv gesehen, hieß das, dass es ihm nicht so schlecht gehen konnte, wobei er nicht selbst einkaufen war. Also war es doch ein schlechtes Zeichen? War das Handy eine Art Bezahlung für eine Dienstleistung, die sie erbracht hatte?

Mit sehr gemischten Gefühlen stieg Sonja die Treppe zu ihrem Zimmer hinauf, hin- und hergerissen zwischen dem Impuls, das Geschenk zurückzuweisen und es zu benutzen, um Hassan anzurufen. Unentschlossen steckte sie es ein und machte sich auf den Weg zum Markt.

Ihr Rad hatte jemand an eine Hauswand gelehnt, aber sonst war alles vorhanden und intakt. Erleichtert schwang sie sich auf den Sattel und fuhr zur Polizeidienststelle weiter, wo sie auf Nachfrage bei Polizeimeister Weber ankam.

»Gut, dass Sie persönlich erscheinen. So können wir gleich das Protokoll des Vorfalls erstellen und Sie können dann unterschreiben.«

Darauf hatte sie eigentlich keine Lust, sagte sich jedoch, dass sie es so schnell hinter sich haben würde. Noch einmal schilderte sie, was sich aus ihrer Sicht auf dem Markt zugespielt hatte, während Weber mitschrieb. Zum Schluss legte er ihr das Protokoll zur Unterschrift hin und kündigte an, ihr Handy zu holen. Kaum dass sie unterschrieben hatte, stand er mit einer Tüte vor ihr. Die Einzelteile ihres alten Handys gingen so wieder in ihren Besitz über und sie bedankte sich.

»Waren die Bilder, die ich gemacht habe, brauchbar?«

»Ja, wir haben sie ausgedruckt und die beiden Festgenommenen warten nun auf den Haftbefehl. Nach den anderen drei Tätern wird gefahndet. Der Mann, der Sie bedroht und Ihr Handy zerstört hat, ist uns namentlich bekannt. Die Fingerabdrücke waren deutlich und gerade ist eine Streife zu ihm unterwegs, um ihn festzunehmen.«

Sonja dachte, sie sollte erleichtert sein, und stellte verwundert fest, dass sie es nur zum Teil war. Der Gedanke an den Mann hinterließ eine dunkle Spur der Angst oder war es plötzlich kälter geworden? Unbewusst rieb sie sich über die Arme und dankte Weber für die Auskunft. Sie musste hier raus.

Draußen in der Sonne atmete sie tief durch.

Sie hatte keine Lust, ins Wohnheim zurückzukehren, und fuhr stattdessen zum Markt. In dem Café neben dem Brunnen war jetzt am späten Nachmittag Betrieb und sie suchte sich einen Platz mitten zwischen den anderen Tischen. An allen Seiten von Menschen umgeben, nahm sie die Atmosphäre des Marktes wahr. Hell war es, die Sonne schien warm vom Himmel, und es summte von den Gesprächen rund um sie herum.

»Was kann ich Ihnen bringen?«

Sonja schrak aus ihren Gedanken auf und bestellte einen Milchkaffee. Nachdenklich musterte sie die Menschen, die an den Tischen saßen und die, die vorübergingen, Touristen, Einheimische, Junge und Alte. Das Publikum war gemischt und niemand sah auch nur im Entferntesten den Männern ähnlich, die gestern hier auf Hassan losgegangen waren. Erst jetzt bemerkte sie, dass ihr Herzklopfen sich langsam legte. Zuvor hatte sie nicht auf ihre Anspannung geachtet. Gemächlich trank sie ihren Kaffee und lauschte dem Glockenschlag des Doms. Sechs Uhr war es, also müsste Marie zu erreichen sein. Kurzentschlossen nahm sie die SIM-Karte aus der Tüte mit ihrem kaputten Handy. Verärgert blickte sie auf ihre schmutzigen Finger. Das alte Gehäuse war über und über mit schwarzem Pulver bedeckt und das hatte abgefärbt.

Mühsam beseitigte sie den schlimmsten Schmutz mit einer Serviette, bevor sie das neue Smartphone aus der Tasche angelte. Die SIM-Karte passte zum Glück und das Handy ließ sich einschalten.

So wohl sie sich gerade noch zwischen all den Menschen gefühlt hatte, unter Zeugen mit Marie zu telefonieren, kam nicht infrage. Also zahlte sie und schlenderte zum Brunnen. An exakt der gleichen Stelle, an der sie gestern Nacht gesessen hatte, wählte sie Maries Nummer. Es dauerte nur kurz, bis sich die Freundin meldete.

»Was ist los? Du klingst merkwürdig.«

Sonja berichtete von dem Überfall, der Nacht im Krankenhaus und den Ermittlungen der Polizei.

»Wie geht es Hassan?«

»Ich weiß es nicht. Die Ärztin hat mich rausgeworfen und dann war er weg.«

»Was heißt weg?« Marie klang verdutzt.

»Die Notaufnahme war leer, als ich wach wurde, und da ich keine Verwandte bin, bekomme ich keine Auskunft.«

»Du hättest ihn besuchen können.« Marie schien auf eine Reaktion zu warten.

»Hätte ich.«

»Aber?«

»Er hat mir ein neues Handy geschickt.«

»Also lebt er.«

Sonja schnaubte. »Ja, auf die Idee bin ich auch schon gekommen.«

»Ruf ihn an.« Maries Stimme klang kompromisslos.

»Ich weiß nicht. Wie sieht das denn aus, wenn ich ihn erst in die Wüste schicke und ihm jetzt hinterherlaufe?«

»Dir liegt immer noch viel an ihm?«

Wieder schossen Sonja die Tränen in die Augen. Durch den Kloß im Hals konnte sie nicht antworten, aber Marie schien ihr Schweigen richtig zu deuten.

»Oh Mann! Heute Abend kann ich leider nicht kommen. Fühl dich gedrückt!«

Sonja schniefte. Wie gern hätte sie jetzt ihre Freundin an ihrer Seite gehabt. Entschlossen zog sie die Nase hoch und kommentierte: »Das ist doch alles sentimentaler Mist.«

»Na ja, die Frage ist, ob du Mitleid mit ihm hast, geschockt über den gestrigen Abend bist oder ob du mehr für ihn empfindest, als du dir eingestehen magst.«

Damit hatte Marie leider sehr gut auf den Punkt gebracht, was Sonja seit dem Erwachen umtrieb. Marie war der einzige Mensch, demgegenüber Sonja zugeben konnte: »Ich weiß es nicht.«

»Ruf ihn an. Auch ohne tiefere Gefühle ist es einfach nur naheliegend, dass du dich nach ihm erkundigst. Daraus wird er keine falschen Schlüsse ziehen.«

»Und wer hindert *mich* daran, falsche Schlüsse zu ziehen?«

»Das Sortieren, was du wirklich willst, kann dir niemand abnehmen.«

Bevor Sonja allerdings Hassans Nummer wählte, fuhr sie zurück zum Wohnheim. Dreimal nahm sie das Smartphone in die Hand und legte es unverrichteter Dinge wieder beiseite. Maries Rat hallte in ihren Ohren und schließlich rief sie ihn an.

»The number you have called ist temporary not available.«

Sonja stieß die Luft aus, die sie beim Wählen angehalten hatte. Er hatte sein Handy nicht an. Was das wohl hieß?

Auch am nächsten Tag bekam sie immer nur die automatische Ansage zu hören.

Am folgenden Sonntag musste Sonja wieder arbeiten und war froh darüber. Den ganzen Samstag über hatte sie sich ausgemalt, wie schwer Hassan verletzt sein mochte.

»Hast du schon gehört, dass Hassan Djamali überfallen worden ist?« Kaum war sie im Personalraum des Hotels angekommen, wurde sie von Bianca mit dieser Frage empfangen. »Ausgerechnet, als wir im Biergarten waren, am Donnerstag.«

»*Nachdem* wir im Biergarten waren.«

Bianca hob den Kopf. »Woher weißt du das?«

»Ich hab's gesehen.«

Bianca riss Mund und Augen überrascht auf. Es dauerte einen Moment, bis sie sich gefasst hatte.

»Du warst dabei?«

Nach einem Nicken erzählte sie eine knappe Version der Ereignisse.

»Und wie geht es ihm?«

»Das weiß ich nicht.«

Noch einmal erntete sie sprachloses Staunen.

Sonja hingegen zog ihre Bluse glatt und ging an die Arbeit.

»Hast du schon beim Manager nachgefragt, ob er Näheres weiß?« Bianca schien das Thema nicht ruhen lassen zu wollen.

»Nein, das habe ich nicht.« Aber der Gedanke war ihr auch bisher gar nicht gekommen. Dabei war es doch naheliegend, zumal Armadi ihr doch in Hassans Namen das Handy gebracht hatte.

»Heute ist er leider nicht im Haus«, unterbrach Bianca Sonjas Gedankengang.

»Dann werden wir uns wohl gedulden müssen.« Mit diesem Satz beendete Sonja das Thema. Eine Reisegruppe, die gerade auschecken wollte, kam ihr zur Hilfe.

Am nächsten Tag und nach weiteren fehlgeschlagenen Versuchen suchte Sonja vor dem Beginn ihres Dienstes den Hotelmanager auf.

Nachdem sie sich für das Handy bedankt hatte, fragte sie: »Wissen Sie, wie es Herrn Djamali geht? Ich kann ihn telefonisch nicht erreichen.«

»Ach, wirklich?«, einen Moment starrte Lubaid Armadi sie an. »Er hat einige zum Teil schwere Prellungen davongetragen.«

»Dann hat er keine inneren Verletzungen?« Als der Manager fragend schaute, ergänzte sie: »Bei der Erstuntersuchung war die Rede davon, dass abgeklärt werden müsse, ob innere Blutungen vorlägen. Herr Djamali hat einige heftige Tritte abbekommen.« Sonjas Stimme zitterte in der Erinnerung an die Szene.

»Deshalb hat er eine Nacht zur Beobachtung im Krankenhaus verbracht. Er hatte ausgesprochenes Glück.«

»Wissen Sie, wie ich ihn erreichen kann? Ich möchte mich gern persönlich bedanken.«

Wieder war da dieser abschätzende Blick oder täuschte sich Sonja?

»Wenn Sie seine Nummer haben, können Sie ihm eine SMS schreiben. Er hat sein Handy oft aus, wenn er in seinem Haus ist. Er meldet sich aber innerhalb von vierundzwanzig Stunden, wenn ich ihm eine SMS schreibe.«

Sonja bedankte sich. Beim Verlassen des Büros fühlte sie seinen nachdenklichen Blick auf sich gerichtet.

Noch bevor sie sich für die Arbeit umzog, schrieb sie Hassan, dankte ihm und fragte, wie es ihm gehe. An den Spekulationen, die Bianca im Lauf des Tages anstellte, beteiligte sie sich nicht. Lediglich die Auskunft von Armadi gab sie weiter.

Der Dienst zog sich hin, zwar gab es wenige Pausen, aber auch die Gespräche mit Bianca gestalteten sich zäh. Endlich konnte Sonja heimgehen. Sie überlegte, Marie anzurufen, wollte aber nicht, dass besetzt wäre, wenn Hassan anrief. Gleichzeitig schalt sie sich eine dumme Kuh und bewachte trotzdem ihr Handy.

Als es klingelte, zeigte das Display Maries Nummer. Nach einem Zögern nahm Sonja das Gespräch an und brachte die Freundin auf den neusten Stand.

»Dann will ich mal aus der Leitung gehen, damit du den Anruf von Hassan entgegennehmen kannst.«

Der spöttische Tonfall Maries störte Sonja nicht, sie fand sich selbst albern, aber das behielt sie für sich. Sie dankte der Freundin überschwänglich, was diese hoffentlich für Ironie hielt.

Danach schwieg das Telefon.

Auch am nächsten Morgen war keine SMS eingegangen, kein Anruf, nichts.

Besorgt fuhr Sonja wieder zur Arbeit.

Erst am Abend klingelte es.

»Ja?«

»Hallo, Sonja, Hassan hier.«

Sonja schloss die Augen, so erleichtert war sie. »Hallo, Hassan, schön, dass du dich zurückmeldest. Wie geht es dir?«

»Solange ich mich nicht zu viel bewege, ganz gut.«

»Es hieß, du hättest ein paar heftige Prellungen?«

»Ja, die Knochen sind zum Glück ganz geblieben, aber die Rippenprellung ist schmerzhaft und in den Spiegel schaue ich lieber nicht«, Hassans Stimme klang leicht gepresst, »und lachen geht nicht.«

Die folgende Pause war Sonja unangenehm. Deshalb beeilte sie sich, ihm für das Handy zu danken.

»Du hast mir sehr geholfen und bist dafür ein großes Risiko eingegangen. Wenn die Kerle dich erwischt hätten … Das mag ich mir gar nicht ausdenken. Dein kaputtes Handy zu ersetzen, erscheint mir viel zu wenig für deinen Mut.«

»Immerhin können wir so miteinander sprechen.« Hatte sie das wirklich gerade gesagt? Es tat verdammt gut, seine Stimme zu hören, aber was sollte er von ihr denken, wenn sie solche Sachen sagte? Schließlich wollte sie nichts von ihm.

»Ja, das können wir. Haben die Ärzte dir im Klinikum helfen können?«

»Mir? Ich habe keinen Arzt gesehen.« In kurzen Sätzen schilderte Sonja, was nach ihrem Rauswurf aus dem Untersuchungszimmer geschehen war.

»Du warst so blass und hast gezittert.« Als sie seinen besorgten Ton hörte, schloss sie die Augen.

»Das hast du bemerkt?«

»Ich wollte mich auf etwas anderes konzentrieren, um mich nicht nur mit meinem Schmerz zu beschäftigen. Dein Gesicht anzuschauen, erschien mir eine gute Idee.«

Sonjas Mund war plötzlich ganz trocken; um antworten zu können, musste sie zunächst schlucken.

»Wie lange hast du denn im Krankenhaus gelegen?«

»Nach den Untersuchungen habe ich mich selbst entlassen. Außer Ruhe kann mir nichts helfen und die bekomme ich am besten hier in der Eifel. Hier stört mich niemand und es ist egal, wie ich aussehe.«

»Ist es so schlimm?«

»Na ja, ein Auge ist blau unterlaufen und noch immer geschwollen, aber das wird wieder.«

Sonja wollte sich gar nicht vorstellen, wie Hassans Gesicht aussehen mochte. Die ebenmäßigen Züge erschienen vor ihrem inneren Auge, doch dann drängte sich die Erinnerung an den Schlag dazwischen und ließ sie nach Luft schnappen.

»Was ist?« Wieso nur klang er so besorgt?

»Ich musste daran denken, wie du niedergeschlagen wurdest.« Sonjas Stimme bebte.

»Hast du das gesehen? Als ich zu Boden ging, meinte ich, einen Schrei gehört zu haben, war der von dir?«

»Ich glaube ja. Zumindest hat einer der Männer aufgeschaut und mich entdeckt. Er ist dann mit einem anderen zu mir gekommen.« Sonja zitterte bei der Erinnerung wieder.

»Weißt du, dass mich das wahrscheinlich vor Schlimmerem bewahrt hat? Deine Ablenkung und natürlich die Tatsache, dass du die Polizei gerufen hast. Hätten die fünf länger gemeinsam auf mich eingetreten ...«

»Haben sie aber zum Glück nicht.«

»Mein Glück war, dass du da warst und so mutig und entschlossen gehandelt hast.«

»Ich bin nicht mutig.«

»Wie willst du es denn nennen, wenn du anhältst, Fotos machst und dann die Polizei rufst? Selbst als die beiden zu dir gegangen sind, bist du geblieben.«

»Das hatte nichts mit Mut zu tun. Ich war unfähig, mich zu bewegen.« Schaudernd dachte Sonja an diesen Moment zurück, an ihre Starre.

»Habe ich das richtig gehört, dass du vorgegeben hast, mit deinem Mann zu telefonieren?«

»Ja«, ihre Stimme kippte zu einem hysterischen Kichern, »und der Polizist in der Notrufzentrale hat mitgespielt. Er hat nach seiner Frau gefragt und verlangt, dass der Typ mir mein Handy zurückgeben soll.«

Auf das Kichern folgten unmittelbar Tränen und mit einem Aufschluchzen entschuldigte sie sich.

»Du warst in unmittelbarer Gefahr und wusstest, dass die Männer nicht lange fackelten.«

Sonja mühte sich, ihre Gefühle unter Kontrolle zu bringen.

»Sonja, ich verdanke dir nicht weniger als mein Leben.«

Tonlos schüttelte sie den Kopf.

War es wirklich so drastisch gewesen? Sie weigerte sich, das anzunehmen.

»Wenn dir etwas passiert wäre, hätte ich mir das nie verzeihen können.«

Tränen rannen über ihr Gesicht.

Eine Weile schwiegen beide.

»Bist du noch da?«

Sonja schluckte. »Mmh.«

»Geht es dir gut?«

»Etwas aufgewühlt, aber ja. Ich habe ja nichts abbekommen.«

»Außer dem Schreck.«

»Ja, außer dem Schrecken, sie könnten dich schwer verletzen oder Schlimmeres.«

»Oder dir etwas tun?«

»Den Gedanken hatte ich gar nicht, nicht bewusst. Eigentlich ist mir erst hinterher klargeworden, was hätte passieren können.«

»Zum Glück bist du unversehrt geblieben.«

Was gäbe sie darum, ihn jetzt zu berühren. Selbst am Brunnen war sein Händedruck fest und entschlossen gewesen, ihr Anker, als sie drohte, sich im Schrecken des Erlebten zu verlieren.

Später beim Einschlafen gingen ihre Gedanken zurück zu diesem Telefonat. Sie konzentrierte sich auf Hassans Gesicht, wie sie es in Erinnerung hatte, und schlummerte ein.

Das Bild begleitete sie in ihren Traum und als sie genau hinsah, bemerkte sie, dass er auf dem Hotelbett in Frankfurt lag. Es war ihr letzter Blick zurück gewesen, bevor sie ihn in jener Nacht verlassen hatte. Anders als damals trat sie jedoch jetzt näher zum Bett und streckte ihre Hand nach ihm aus. Vorsichtig, um ihn nicht zu wecken, streichelte sie über sein Haar und spürte der Wärme in ihrem Inneren nach, die die Berührung in ihr auslöste.

Die Glätte der Haare wurde durch etwas Klebriges an ihren Händen gestört. Als sie die Handfläche betrachtete, starrte sie verwirrt auf das Blut daran.

Frisch und rot tropfte es herab auf das weiße Bettlaken. Sie blickte wieder auf Hassan und sah sein Gesicht nicht länger entspannt und unversehrt. Hassan blutete aus mehreren Wunden, die Lippen und eine Augenbraue waren aufgeplatzt. Ein leises Stöhnen drang zu ihr und sie sah seinen Körper, der Prellungen zeigte. Sie wich zurück.

»Und jetzt kümmern wir uns um dich, du Schlampe!«

Ungläubig starrte sie in das Gesicht des Mannes, der ihr Handy zerschlagen hatte. Er stand plötzlich am Fußende des Bettes und grinste sie hämisch an. »Egal wie gut er war, ich werde es dir besser besorgen!« Mit diesen Worten kam er näher und streckte die Hand nach ihr aus.

Sonja war hin- und hergerissen zwischen dem Impuls zu fliehen und dem Wunsch, Hassan zu helfen. Als der Mann nach ihr griff, schlug sie seine Hand zur Seite.

»Verschwinde«, schrie sie ihn an.

»Ich werde nicht gehen, bevor ich mir geholt habe, was ich will.«

Jetzt entschloss sie sich, doch zu flüchten, und sah sich panisch nach der Tür um.

»Willst du wirklich so hinaus?«

Was meinte er? Sie folgte seinem Fingerzeig und entdeckte, dass sie nackt vor ihm stand.

»Jetzt zier dich nicht so, ihn hast du schließlich auch rangelassen.« Wieder langte er nach ihr und sie hatte plötzlich die Wasserflasche in der Hand, die auf dem Nachttisch gestanden hatte. Mit aller Kraft schlug sie zu, hörte das Bersten und sah, wie er mit erstauntem Gesichtsausdruck in die Knie ging.

Aus einer Platzwunde am Kopf sickerte Blut hervor und floss auf den hellen Teppichboden zu ihren Füßen. Sie riss sich von dem Anblick los und wollte sich Hassan zuwenden, aber da standen plötzlich die anderen zwischen ihr und dem Bett, vier Männer, die drohend näher kamen.

Schweißgebadet wachte Sonja auf. Es war nur ein Traum gewesen und sie lag wohlbehalten in ihrem Bett. Das Licht der Straßenlaterne vor dem Wohnheim schien durch die Vorhänge und sie lauschte auf Geräusche. Außer ihrem eigenen Atem war es ruhig im Haus. Sie wollte einen Schluck trinken und tastete nach der Wasserflasche, die sie fast immer neben ihrem Bett stehen hatte. Als sie nichts fand, schaltete sie das Licht ein. Die Flasche lag zerbrochen auf dem Fußboden und Sonja war erleichtert, dass sie nicht im Dunkeln aufgestanden und ins Bad gegangen war. Sie wäre unweigerlich in die Scherben getreten. So angelte sie vom Bett aus nach ihren Pantoffeln, schüttelte diese aus, damit keine Splitter mehr darin waren, und zog sie an.

Eine Viertelstunde später saß sie wieder auf dem Bett. Sie hatte aufgeräumt und etwas getrunken und versuchte sich an den Traum zu erinnern. Der war aber über den Schreck ob der Scherben vor ihrem Bett, verblasst.

Bianca sagte sie am nächsten Tag nichts von ihrem Telefonat mit Hassan. Die Arbeit ging ihr ohne Ablenkung von der Hand und abends stand Marie vor ihrer Tür. Nach einer Umarmung zur Begrüßung stellte Sonja ihr Rad in den Keller und die beiden machten sich auf den Weg zum Italiener.

»Bella Maria!«, die Freundin wurde von Marco mit den obligatorischen drei Küsschen links und rechts begrüßt. Auch Sonja ließ sich die Begrüßung gefallen.

Nachdem sie bestellt hatten, verlangte Marie, noch einmal einen Bericht des Überfalls zu hören. Seufzend begann Sonja zu erzählen.

»Sprechen Sie von dem Überfall am Markt?« Marco brachte die Vorspeisen und hatte wohl einen Teil mitgehört.

»Sonja hat alles gesehen und die Polizei gerufen.«

»Das war sehr mutig von Ihnen.«

»Ich bin nicht mutig«, wehrte Sonja verlegen ab.

»Die meisten Menschen fahren achtlos vorbei. Sie haben gehandelt, sehr überlegt gehandelt, möchte ich sagen.«

»Ich habe nicht überlegt. Wenn ich mir vorher überlegt hätte, was hätte passieren können, hätte ich vermutlich viel zu viel Angst gehabt, etwas zu tun.«

»Wann hast du eigentlich erkannt, dass es Hassan war?«

Marco schaute interessiert erst zu Marie dann zu Sonja. »Etwa Hassan Djamali, der Besitzer vom Karlshof?«

»Sie kennen ihn?«

»Sie waren doch mit ihm gemeinsam hier zu Gast. Wissen Sie, wie es ihm geht?«

»Er hat einige Prellungen, aber insgesamt wohl Glück gehabt.«

»Oder einen Schutzengel«, fiel Marie ihr ins Wort.

»Ich würde sagen, der Schutzengel sitzt hier am Tisch.« Marco nickte ihr anerkennend zu, was sie verlegen machte.

In diesem Moment meldete sich Sonjas Handy. Ein Blick auf das Display zeigte Hassans Anruf.

»Marie, stört es dich, wenn ich kurz …?«

Die Freundin hatte längst gesehen, wer da anrief. »Nur zu!«, mit einem breiten Grinsen lehnte sie sich zurück. Aber den Gefallen wollte Sonja ihr nicht tun. Sie schnappte sich das Handy und stand auf. Im Hinausgehen nahm sie das Gespräch an.

»Hallo, Sonja, störe ich?«

»Nein, ich muss nur gerade vor die Tür.« Noch an zwei Rauchern vorbei, blieb sie einige Meter weiter stehen.

»Wie geht es dir?«

»Es wird jeden Tag besser. Du bist unterwegs?« Klang er besorgt?

»Marie ist zu Besuch, wir haben gerade bei Luigi gegessen. Du erinnerst dich an das kleine italienische Restaurant?« Wie würde er reagieren?

»Natürlich erinnere ich mich. Marco hat eine fantastische Küche.«

»Deswegen warst du ja noch einige Male dort.« Mist, sie wollte nicht eifersüchtig klingen. Sie wusste ja nicht einmal, mit wem er bei Marco gegessen hatte. Um sich selbst abzulenken, ergänzte sie: »Er hat gefragt, wie es dir geht. Also Marie und ich haben uns über den Überfall unterhalten und Marco hat sich nach dir erkundigt.«

»Dann sag ihm einen lieben Gruß und dass ich bald wieder bei ihm essen werde.«

Sonja wartete, ob er noch etwas hinzufügen würde. Als nichts kam, versprach sie, die Botschaft weiterzugeben.

»Ich bin froh, dass du nicht allein unterwegs bist.«

Wie gut es tat, die Sorge in seiner Stimme zu hören. Sonja schloss die Augen und spürte der Wärme, die sie durchrieselte nach.

»Warum rufst du an?«

»So schön es hier in der Eifel ist, so einsam ist es auch. Ich wollte einfach ein bisschen plaudern, aber wenn du mit deiner Freundin unterwegs bist, will ich euch nicht länger stören. Ich melde mich wieder, wenn das okay ist.«

»Sicher ist es das.«

Nachdem Hassan sich verabschiedet hatte, stand sie noch einen Moment an die Hauswand gelehnt und schaute in den Himmel. Zwischen dem Licht der Straßenlaternen konnte sie kaum einen Stern ausmachen. Nach einem tiefen Atemzug ging sie zurück ins Restaurant.

Als sie Marco Hassans Botschaft weitergegeben hatte, bedankte sich dieser ohne weiteren Kommentar. Oder hatte er sie nachdenklich gemustert? Sonja war sich nicht sicher.

Marie jedenfalls beäugte sie eingehend.

»Was?«

»Das frage ich dich«, noch immer ließ die Freundin Sonja nicht aus den Augen.

»Er fühlt sich einsam in der Eifel. So wie er beim letzten Telefonat erzählte, schaut er noch nicht einmal in den Spiegel und vermeidet vermutlich mit seinem angeschlagenen Gesicht unter die Leute zu gehen.«

»Soso, er fühlt sich einsam und ruft *dich* an.« Marie musterte sie eingehend. Sonja trank einen Schluck Wein und bekam unerwartet Hilfe, als Marco das Essen brachte.

Schweigend genossen sie ihren Hauptgang. Bevor das Gespräch wieder auf verfängliche Themen kommen konnte, servierte Marco eine Portion Tiramisu.

»Wir hatten keinen Nachtisch bestellt, das muss ein Fehler sein«, wehrte Marie ab.

»Der geht aufs Haus für den tapferen Schutzengel«, mit diesen Worten stellte er die Schale vor Sonja ab. Als diese abwehrte, ergänzte er: »Wenn ich einmal in eine solche Situation geraten sollte, wünsche ich mir auch, dass jemand Zivilcourage beweist. Es ist nur eine kleine Anerkennung für Ihre mutige Tat.«

Sonja blies die Luft wieder aus, mit der sie widersprechen wollte. »Danke.«

Natürlich teilte sie den Nachtisch mit ihrer Freundin, die sich allerdings nicht bestechen ließ und auf das unterbrochene Thema zurückkam.

»Weißt du inzwischen, wie du zu ihm stehst?«

Resigniert zuckte Sonja mit den Schultern. »Ich weiß einfach nicht, was richtig ist. Mit ihm zu reden fühlt sich gut an, aber ich will ihm keine falschen Hoffnungen machen. Er ist schließlich immer noch mein Chef.«

»Du spinnst.« Marie schüttelte entschieden den Kopf. »Nach allem, was du erzählst und vor allem nach allem, was du *nicht* erzählst, ist er ein Traummann und hat dich mitten ins Herz getroffen. Warum lässt du das nicht zu?«

Das Smartphone schwieg am folgenden Abend, ebenso am darauffolgenden. Sonja gestand sich nur widerwillig ein, dass sie enttäuscht darüber war. Selbst anzurufen, traute sie sich jedoch nicht, wollte sie doch keine falschen Erwartungen wecken.

Außerdem hatte er gefragt, ob er wieder anrufen dürfe, warum zum Teufel tat er es dann nicht? Leise schlich sich die Sorge in ihre Gedanken, es könne ihm schlechter gehen oder er habe ihr nicht die ganze Wahrheit erzählt. Schließlich griff sie zum Handy und tippte eine kurze Nachricht an ihn. Vor dem Abschicken kontrollierte sie den Satz noch einmal, ob er unverbindlich genug sei. Entschieden klickte sie auf *Senden* und legte das Gerät beiseite.

***

»Geht's dir gut?«

Hassan starrte auf sein Smartphone. War das alles? Zwei Tage waren vergangen und nun nur dieser lapidare Satz. Etwas ratlos legte er sein Handy zurück auf den Tisch und grübelte, ob er sie anrufen sollte. Leise regte sich sein schlechtes Gewissen. Sie hatte ihm doch gesagt, dass er sich melden dürfte.

Das laute Vibrieren des Geräts schreckte ihn aus seinen Gedanken. Hastig griff er danach, aber auf dem Display war *Lubaid* zu lesen, nicht *Sonja*. Nach einem tiefen Atemzug nahm er das Gespräch an.

»Was gibt es?«

»Das frage ich dich. Wie sieht es aus, darf ich dich in den nächsten Tagen wieder in Aachen erwarten?«

»Ich denke, dass ich noch eine Woche brauche. Die Rippe ist noch sehr empfindlich und mein Auge ist noch grün und blau.«

»Dann komme ich eben zu dir. Es gibt ein paar Unterlagen, die heute hier angekommen sind. Brauchst du sonst noch etwas?«

Hassan überlegte kurz und gab seinem Freund dann eine Liste der Dinge durch, die er sich andernfalls hätte im nächsten Dorf kaufen müssen. Ihm war aber lieber, sich noch nicht in der Öffentlichkeit zu zeigen.

»Hat dich Frau Müller inzwischen erreicht?«

Täuschte er sich, oder schwang da ein Unterton in Lubaids Stimme mit?

»Ja, danke, dass du ihr das neue Handy besorgt hast.«

Schweigen war die Antwort. Erst als klar war, dass Hassan nichts ergänzen würde, wandte sich Lubaid anderen Themen zu und wenige Minuten später beendeten sie das Telefonat.

Hassan legte das Smartphone nicht erst aus der Hand, sondern wählte Sonjas Nummer, bevor er es sich wieder anders überlegen konnte. Während er dem Freizeichen lauschte, atmete er tief durch.

»Hallo, Hassan, wie geht es dir?«

»Jeden Tag ein ganz kleines bisschen besser, aber leider sehr langsam.«

»Du wirst doch nicht etwa ungeduldig werden?«

»Na ja, ein wenig. So wohltuend die Ruhe in den ersten Tagen war, so sehr langweile ich mich inzwischen. Um hier ernsthaft etwas zu tun, bin ich nicht fit genug, zwei Bücher habe ich bereits gelesen.«

»Und jetzt rufst du an.«

»Genau. Außerdem möchte ich dich etwas fragen.« Atemlos lauschte er, versuchte, ihre Stimmung zu ergründen.

»Was gibt es denn?« Sie klang interessiert, ein gutes Zeichen.

»Sonja, ich möchte dir gern danken.«

»Das Thema hatten wir doch schon.«

»Lass mich bitte ausreden.« Als keine Widerrede kam, seufzte er leise und biss sich auf die Lippen. »Ich möchte mich bedanken und dich einladen. Wenn du nicht im Hotel bist, hockst du in deinem Wohnheim und ich möchte dich hierher in die Eifel einladen.«

Am anderen Ende der Leitung war es still.

»Ich würde mich freuen, wenn du ein Wochenende hier in meinem Haus verbringen würdest.«

»Hältst du das wirklich für eine gute Idee?«

»Du brauchst nicht sofort zu antworten«, beeilte er sich hinzuzufügen. »Für den Moment wäre ich zufrieden, wenn du darüber nachdenkst.« Atemlos wartete er auf ihre Entgegnung. Als Erstes hörte er jedoch einen tiefen Seufzer.

»Ist gut, ich werde darüber nachdenken.«

Sie klang so – resigniert? Jetzt wäre der Moment, sich zu freuen, aber Hassan fürchtete eher, die Absage einfach nur herausgezögert zu haben. Ein Gespräch kam danach nicht wirklich in Gang und so verabschiedete er sich mit der Ankündigung, am Wochenende wieder anzurufen.

Am folgenden Abend fuhr Lubaid mit seinem Sportwagen vor. Hassan öffnete die Haustür und begrüßte seinen Freund.

»Du könntest mal die Einfahrt pflastern lassen, dieser Kies ist nicht gut für den Lack.«

»Du weißt genau, dass ich die Fläche nicht versiegeln will. Wenn du Angst um deine Speziallackierung hast, musst du eben vorsichtig fahren. Außerdem: Wie oft bist du hier? Zweimal im Jahr? Dafür soll ich meinen Hof pflastern?« Kopfschüttelnd ging Hassan voraus ins Haus.

»Bleibst du wieder bis morgen?«

»Ich hatte gehofft, dass du mir das anbietest.« Lubaid deutete auf die Tasche in seiner Hand, die er beiläufig an der Tür zum Gästezimmer stehen ließ.

»Möchtest du etwas trinken?«

Kurze Zeit später saßen sie gemeinsam am Esstisch, ein Tablett mit Teekanne und Gläsern neben sich, und Lubaid breitete die mitgebrachten Dokumente aus.

»Das hat doch Zeit«, wehrte Hassan ab und deutete auf die Papiere. »Lass uns erst einmal zusammen Tee trinken.«

Lubaid grinste. »Wie in alten Zeiten?«

»So lange ist das nun auch wieder nicht her.« Hassan hatte die Metallkanne schon in der Küche mit heißem Wasser ausgespült und goss den grünen Tee auf, nachdem er Zucker in die Kanne gegeben hatte. Zum Schluss kamen noch frische Minzblätter hinzu. Erst nach dem traditionellen Eingießen des Tees in hohem Bogen setzte er sich. Schweigend nippten beide an ihren Gläsern. Erst beim zweiten Glas fragte Hassan: »Wie lange ist es nun her, dass du bei meinen Eltern gewohnt hast?«

»Dein Vater ist vor zwei Jahren gestorben, kurz danach hast du mich gebeten, hierherzukommen.«

Hassan nickte bedächtig und schenkte das dritte Glas Tee ein.

»Ich bin dir sehr dankbar, dass du ohne groß zu zögern, nach Aachen gekommen bist.«

»Deine Pläne haben mich überzeugt und dass du dich nicht gleichzeitig um zwei Hotels kümmern kannst ... Wobei du jetzt schon drei Häuser hast. Willst du so weitermachen?«

»Wer weiß, was die Zukunft bringen wird. Momentan gilt es erst einmal, das neue Projekt in die Gewinnzone zu bringen.« Jetzt wandte sich Hassan den Dokumenten zu.

Zwei Stunden später verstaute Lubaid die Papiere wieder in seiner Aktentasche. Beim gemeinsamen Abendessen fragte er scheinbar beiläufig: »Hast du was mit Sonja Müller?«

»Wieso fragst du?«

»Sie ist die einzige Angestellte, die deine private Handynummer kennt.«

Hassan überlegte einen Moment. »Vermutlich verdanke ich ihr mein Leben.«

»Was nicht erklärt, warum sie deine Nummer hat.«

»Auch mit Bianca Witte bin ich ein paarmal ausgegangen.«

»Du weichst mir aus.«

Hassan fühlte sich beobachtet. Wie stand er zu Sonja? Dass sie ihm einen Korb gegeben hatte, hatte ihn schwer getroffen. So schwer, dass er versucht hatte, sie mit ihrer Kollegin eifersüchtig zu machen. War das gemeinsam Erlebte die Möglichkeit, ihr näherzukommen oder musste er einfach akzeptieren, dass sie keine Beziehung zu ihm wollte?

»Erinnerst du dich, dass ich dir gesagt habe, ich hätte eine interessante Bewerberin gefunden?« Nachdem Lubaid genickt hatte, fuhr er fort: »Sonja war diese Bewerberin. Nur ist sie meiner Empfehlung zuvorgekommen.«

»Du hast nichts erwähnt, als ich sie eingestellt hatte.«

»Wozu auch? Ich wollte, dass du dir selbst ein Bild machst. Bist du mit ihrer Arbeit zufrieden?«

»Absolut. Ich habe ihr angeboten, sich im Unternehmen weiterzubilden.«

Erstaunt hob Hassan den Kopf. »Das hast du? Wie hat sie reagiert?«

»Sie ist interessiert.«

Hassan freute sich, dass seine Einschätzung ihn nicht getrogen hatte. Sonja war zielstrebig und wollte Karriere machen. Gut so.

»Sie ist eine Ungläubige«, riss Lubaid ihn aus seinen Gedanken.

Mit zusammengezogenen Augenbrauen fragte Hassan, was das jetzt solle.

»Deine Mutter wünschte sich immer eine gläubige Muslima als Schwiegertochter.«

»So wie deine Schwester Fatima?«

Lubaid zuckte etwas verlegen mit den Schultern.

»Du weißt, dass ich diesen Wunsch schon damals nicht erfüllen mochte. Daran hat sich nichts geändert, im Gegenteil. Ich respektiere dich und deinen Glauben, aber ich gehe einen anderen Weg.«

Einvernehmlich tranken sie noch eine weitere Kanne Tee, bevor sich Lubaid ins Gästezimmer zurückzog.

Hassan lag noch eine Weile wach. Zwar hatte Sonja nicht abgesagt, aber das Gespräch war nicht so verlaufen, wie er es sich gewünscht hatte. Zum ersten Mal dachte er daran, ob Sonja wohl seiner Mutter gefallen würde. Sie dachte weniger traditionell als Lubaid, war weltoffen und hatte auch Hassan zur Offenheit erzogen, nie seinen Lebenswandel kritisiert. Nicht, dass es da viel zu kritisieren gegeben hätte. Zielstrebig hatte er die Ausbildung im Grandhotel in Paris absolviert.

Um seine Sprachfertigkeiten zu vertiefen hatte er dann in verschiedenen Hotels in Europa gearbeitet. Religion war zu Hause selten ein Thema gewesen, auch wenn er sich daran erinnerte, dass Lubaids Schwester seinem Vater durchaus als mögliche Schwiegertochter gefallen hätte. Nur war Hassans Geschmack bei Frauen so ganz anders als der seines Vaters.

Nach einem Kaffee am nächsten Morgen, verabschiedete sich Lubaid. Er schaute Hassan einen Moment nachdenklich an. »Verwechsle Dankbarkeit nicht mit Zuneigung.«

Warum beschäftigte sich Lubaid so sehr mit Sonja?

»Wovon sprichst du?«

»Das weißt du genau.« Stimmt, sie beide kannten sich so gut, dass auch kleine Zeichen genügten, den anderen zu verstehen.

»Um ganz offen zu sein, war die Zuneigung schon da, bevor sie sich bei uns beworben hat. Als ihr klar wurde, dass mir das Hotel gehört, hat sie mir einen Korb gegeben.«

Lubaid verzog das Gesicht. »Und das kannst du nicht auf dir sitzen lassen.«

»Das ist es nicht.« Hassan schüttelte den Kopf. »Es wäre doch lächerlich, wenn du die Frau fürs Leben gefunden hast, und es daran scheitert, dass sie Arbeit und Privates nicht vermischen will.«

»Frau fürs Leben?«

Hassan seufzte. »Hattest du jemals bei einer Begegnung mit einer Frau das Gefühl, dass sie diejenige sein könnte, nach der du dich immer gesehnt hast?«

»Ein verliebter Mensch ist ein blinder Mensch.«

»Oder ein allsehender«, ergänzte Hassan das arabische Sprichwort. Er zuckte mit den Schultern.

Lubaid legte ihm die Hand auf die Schulter. »Dann wünsche ich dir, dass du herausfindest, was sie dir bedeutet.«

»Ich habe sie für ein Wochenende hierher eingeladen.«

»Und?«

»Ich habe sie gebeten, darüber nachzudenken und nicht gleich abzusagen.«

»Für eins habe ich dich immer bewundert. Du hast deine Ziele stets konsequent verfolgt.«

»Bisher ging es dabei nur um mich.«

»Und jetzt fürchtest du, ihre Eigenwilligkeit könnte dir einen Strich durch die Rechnung machen. Eigenwilligkeit ist keine gute Eigenschaft bei einer Frau.«

»Sonja ist nicht eigenwillig – nicht im negativen Sinn. Sie ist zielstrebig und hat schon eine Menge in ihrem Leben geschafft. Sie ist so klar in dem, was sie angeht. Sie wäre privat und geschäftlich die ideale Frau für mich.« Hassan erschrak selbst über die leidenschaftlich vorgetragenen Worte.

Einen Moment starrten sich die beiden Männer wortlos in die Augen.

»Warum hast du nie etwas gesagt, wenn es dir so ernst ist?«

»Am Anfang war alles zu frisch, dieses Kribbeln wollte ich erst für mich genießen und dann hat sie mir die Absage erteilt, was hätte ich dir also erzählen sollen?«

Lubaid legte jetzt auch die andere Hand auf Hassans Schulter und schaute ihn prüfend an.

»Was soll ich dir wünschen, mein Freund?«

»Dass ich sie für mich gewinne.« Hassan musste sich räuspern, so eng fühlte sich seine Kehle plötzlich an.

Bedächtig nickte Lubaid. »Dann setze sie nicht unter Druck. Halte dich zurück, bis sie selbst erkennt, was sie in dir findet.«

Mit einem Schnauben nahm Hassan seinen Freund kurz in den Arm und dankte ihm.

***

Ein Wochenende mit Hassan. Seit Sonja die Einladung gehört hatte, kreisten ihre Gedanken darum. Wollte sie sich darauf einlassen?

Einerseits spürte sie der Verbundenheit nach, die sie empfunden hatte, als sie nach dem Überfall seine Hand berührte. Auf der anderen Seite hatte sie sich entschieden, nichts mit ihm anzufangen. Ein ganzes Wochenende mit ihm – das hieße doch, das Schicksal herauszufordern. Nur zu gut erinnerte sie sich noch an die Begegnung im Aufzug, seine Nähe, seinen Duft. Selbst jetzt, Wochen später, bekam sie Herzklopfen, als sie die Situation im Kopf erneut durchspielte.

Bei allen ihren Gesprächen hatte sie ihm ihr Herz ausgeschüttet und er? Er hatte fast nichts von sich preisgegeben. Sie wusste so wenig über ihn. Das Wenige, das sie wusste, sprach gegen ihn, oder nicht?

Das Wochenende kam und ging, ohne dass Hassan anrief. Sonja schwankte zwischen Enttäuschung und Erleichterung.

Am Dienstagmorgen, Sonja saß gerade beim verspäteten Frühstück, ging das Telefon. *Wiegand* stand auf dem Display und nervös meldete sie sich. »Ja?«

»Guten Morgen, Frau Müller, Tanja Wiegand hier. Es geht um ihren Ex-Mann, Nick Reinhard.«

Sonja hatte schon auf eine Nachricht der Anwältin gewartet. Sie erwiderte die Begrüßung und wartete atemlos, welche Neuigkeiten sie zu hören bekäme.

»Ich habe in Ihrem Namen Akteneinsicht beantragt. Nach der Durchsicht habe ich die vorsichtige Hoffnung, dass Sie zumindest einen Teil des Geldes von ihm erhalten können. Herr Reinhard ist der Urkundenfälschung überführt worden. Mit der falschen Identität hat er neue Konten eröffnet, auf denen sich größere Geldbeträge befinden. Außerdem wurde das Geld, das er bei der Festnahme bei sich hatte, sichergestellt. Gut, dass wir einen Vollstreckungstitel gegen ihn erwirkt haben. Sie sind, wenn ich das richtig einschätze, die Erste, die Geld aus diesem Guthaben bekommt.«

Sonja atmete geräuschvoll aus. Sie hatte nicht gemerkt, dass sie bisher den Atem angehalten hatte.

»Wie es scheint, war Ihre Entscheidung, keine Privatinsolvenz zu beantragen, die richtige.«

Als Sonja nichts sagte, fragte die Anwältin: »Frau Müller? Sind Sie noch dran?«

»Ja, ich bin noch dran. Wie lange wird es dauern, bis das Geld kommt?«

»Haben Sie aktuell Probleme?«

»Nein. Ich habe einen Tilgungsplan, inzwischen eine gute Anstellung und lebe sehr sparsam.«

»Ich kann nicht garantieren, dass sie nach dem Verfahren schuldenfrei sein werden. Wie lange sind Sie noch bereit, so zu leben?«

Sonja konnte den Seufzer nicht ganz unterdrücken. Trotzdem sagte sie mit fester Stimme: »Ich bin mir bewusst, dass es geraume Zeit dauern kann.«

»Erst einmal steht zumindest zu erwarten, dass Herr Reinhard für einen Teil des Geldes aufkommen wird. Vielleicht können Sie das ja positiv sehen?«

Sonja war hin und hergerissen zwischen der Erleichterung, dass es überhaupt Geld gab und dem alten Ärger, den sie die Jahre über mit sich herumgetragen hatte. Sie seufzte.

»Es tut mir leid, dass ich noch keine konkreteren Nachrichten für Sie habe.«

»Danke, dass Sie mir Bescheid gegeben haben.«

Nach dem Auflegen kämpfte Sonja die Tränen nieder. Mit brennenden Augen schaute sie sich ihr Zimmerchen an und hatte plötzlich das Gefühl zu ersticken. Die triste weiße Raufaser hatte sie von Beginn an nicht begeistert, aber auch nicht wirklich gestört. Ebenso die Einheitsmöbel. Mit der Erinnerung an alte Zeiten mit Nick sah sie auch wieder ihre alte Wohnung vor sich, bevor diese halbgeräumt von Umzugskisten zugestellt war. Damals waren die Wände auch hell gewesen, Designermöbel hatten sich davon abgehoben, auf edlen Teppichen. Hier gab es nur den kalten Linoleumboden.

Sie schnappte sich ihre Jacke und verließ fast fluchtartig das Wohnheim.

Draußen hielt das Gefühl von Beklemmung an. *Eigentlich sollte ich froh sein*, dachte sie, aber die Nachricht hatte vieles aufgewirbelt, negative Gedanken und Gefühle, die sich wie ein Stein auf ihre Brust legten.

Mit schnellem Schritt wandte sie sich fort vom Weg zur Arbeit in die andere Richtung und versuchte im gleichmäßigen Takt der Bewegung zur Ruhe zu kommen. Nach zehn Minuten, Sonja wusste längst nicht mehr, wo sie war, konnte sie allmählich durchatmen. Nach weiteren zehn Minuten wurde sie schwer atmend langsamer. Sie hatte sich doch vorgenommen, wieder zu Joggen. Der Gedanke war ihr in Frankfurt gekommen. Bei der Erinnerung an Frankfurt erschien auch Hassans Gesicht vor ihrem inneren Auge.

Er hatte sie eingeladen, der Enge von Arbeit und Wohnheim für ein Wochenende zu entkommen. Wie gern würde sie sein Angebot annehmen! Einmal raus aus Aachen, Wandern in der Eifel ... Aber die Einladung hatte einen Haken: Hassan. Würde das Zusammensein nicht zwangsläufig in sein Bett führen? Wieder brannten Tränen in ihren Augen. Verdammt, wo war sie hier eigentlich?

An der nächsten Häuserecke zückte sie das Smartphone und orientierte sich. Sie hatte sich zielstrebig vom Wohnheim wegbewegt. Das hieß, dass sie exakt noch einmal die gleiche Zeit brauchen würde, um wieder heimzukommen. Heimkommen. Pah!

Mist, wenn wie nicht vollkommen abgehetzt bei der Arbeit erscheinen wollte, musste sie sich auf dem Rückweg sputen. Sonja drehte sich um und ging die Straße zurück, zügig und mit ausgreifenden Schritten. Fast widerwillig bemerkte sie, dass sie ruhiger wurde.

Aachen ist eine schöne Stadt, dachte sie beim Blick auf die Fassaden der Jugendstilhäuser, die sie gerade passierte.

Aber es ist eine Stadt und stinkt wie eine Stadt, ging es ihr durch den Kopf, als sie an einer Ampel neben einem alten Diesellieferwagen wartete. Als dieser anfuhr, blies er eine schwarze Abgaswolke in ihre Richtung.

Sonja versuchte, nicht zu atmen, bis sich die Wolke aufgelöst hatte. So ein Stinker durfte doch überhaupt nicht in die Umweltzone hinein. Widerlich!

Vielleicht sollte sie doch auf das Angebot Hassans eingehen und ihrer Lunge mal eine Auszeit gönnen? In der Eifel könnte sie sicher auch joggen.

Als sie das Wohnheim erreichte, war sie noch immer unentschlossen und vertagte die Entscheidung ein weiteres Mal.

Nach der Arbeit fuhr sie mit dem Rad heim. Der nachmittägliche Regen hatte die Luft gereinigt, aber ein Blick nach oben zeigte ihr, dass die Sicht getrübt war. Die Dämmerung ging gerade in die Nacht über und trotzdem waren kaum Sterne zu sehen. Sonja beeilte sich und merkte erst, als sie ihr Fahrrad in den Keller brachte, dass es ihr unangenehm gewesen war, im Zwielicht unterwegs zu sein. Ob das diffuse Gefühl des Unwohlseins wohl bald aufhören würde? Die Wahrscheinlichkeit, in einen Überfall verwickelt zu werden war gering, zweimal dieses Pech zu haben erst recht, worüber machte sie sich also Gedanken? Vielleicht sollte sie wirklich mal hier raus, zur Ruhe kommen und vielleicht auch das Geschehene mit Hassan gemeinsam aufarbeiten.

»Hallo, Sonja, entschuldige bitte, dass ich jetzt erst anrufe. Gestern habe ich es probiert und wollte nicht mit deiner Voicebox reden.«

»Hallo, Hassan, ich hatte gestern Spätdienst.«

»Hattest du schon Zeit zum Nachdenken?«

»Ja, die hatte ich.«

In der folgenden Pause konnte sie nichts am anderen Ende der Leitung hören, bis ein stockendes »Und?«, kam.

»Ja, ich würde gern mal ein Wochenende außerhalb Aachens verbringen.« War das jetzt die richtige Antwort gewesen? Sofort kamen wieder Zweifel hoch, die sie aber für sich behielt. Stattdessen forderte sie: »Nur eine Sache möchte ich vorher noch wissen.«

»Und die wäre?« Hassan schien nach der Zusage verblüfft zu sein.

»Was war das mit Bianca?«

Am anderen Ende war ein scharfes Einatmen zu hören. »Wieso fragst du jetzt nach ihr?«

Das fragte sich Sonja gerade selbst, wollte aber jetzt keinen Rückzieher machen. Plötzlich war sie sich nicht mehr sicher, dass er sich nur mit ihrer Kollegin getroffen hatte, um sie eifersüchtig zu machen.

»Nachdem ich dir im Fahrstuhl gesagt habe, dass ich nichts von dir will, hast du dich noch am gleichen Tag mit ihr verabredet.« Sonja war sich nicht sicher, ob diese Formulierung neutral genug war.

Hassan seufzte. Erst nach einer Pause gestand er: »Ich bin nicht stolz darauf, aber ich wollte tatsächlich testen, wie du reagierst.

Erst als du so unbeteiligt an deiner Arbeit nachgegangen bist, habe ich mich mit ihr verabredet. Wir sind zweimal ausgegangen und dann habe ich es beendet.«

»Weil ich dich einen Mistkerl genannt habe?«

»Nein, weil ich mich wie einer verhalten habe. Das wollte ich Bianca nicht länger zumuten.

Du hast nur bekräftigt, was ich mir bereits selbst eingestanden hatte. Glaub mir bitte, dass ich noch nie so mit einer Frau umgegangen bin.«

Wie gern würde sie jetzt sein Gesicht sehen, ergründen, ob er aufrichtig war. Andererseits, war ein solches Geständnis nicht auch schon Zeichen genug, dass er es mit ihr ehrlich meinte? Zuzugeben, dass man sich mies benommen hatte, war schließlich nicht einfach.

»Sonja? Wenn du zu mir hier in die Eifel kommst, wird nichts geschehen, was du nicht möchtest, das schwöre ich.«

Vielleicht war genau das das Problem. Was wollte sie denn? *Hier heraus*, erinnerte sie sich und fragte offensiv: »Wann passt es dir denn?«

»Ich bin momentan flexibel, was sagt dein Dienstplan?«

Jetzt nur nicht rückfällig werden.

»Am nächsten Wochenende habe ich frei.« War das zu schnell? *Aber wenn wir uns erst in ein paar Wochen verabreden, sage ich bestimmt wieder ab.*

»Das passt doch prima. Ich würde dich dann am Freitagnachmittag abholen?«

»Okay. Soll ich etwas Besonderes mitbringen?«

»Nur das, was du für die Tage brauchst, je nach Wetter. Um alles andere kümmere ich mich. Ich freue mich.«

Erwartete er jetzt, dass sie ihm das auch sagte? In sich fühlte sie eher Aufregung als Freude, also schwieg sie.

»Frau Witte, können Sie bitte am kommenden Sonntag den Dienst für den Kollegen Hagen übernehmen?«

Sonja hielt den Atem. Sollte sie sich einmischen und damit das Wochenende canceln?

»Wieso fragen Sie mich?« Biancas Blick streifte sie.

»Weil Frau Müller eine Verabredung hat.«

Sonja mühte sich, nicht mit offenem Mund auf den Manager zu starren. Woher wusste der von ihrem Treffen mit Hassan? Ging der etwa mit ihrer Zusage hausieren, hatte gar den Auftrag erteilt, dass nichts dazwischen kommen dürfe? Sie hatte plötzlich ein ganz mieses Gefühl beim Gedanken an das Vorhaben.

»Wenn sonst niemand kann, würde ich den Dienst übernehmen«, hörte sie Bianca, während sie noch versuchte, sich zu fassen.

»Danke, Frau Witte, ich weiß zu schätzen, dass Sie oft flexibel einspringen.«

»Dafür kann ich mir aber auch nichts kaufen«, raunte Bianca, als Armadi im Aufzug verschwunden war. Dann wandte sie sich Sonja zu. »Was für eine Verabredung hast du denn, dass er davon weiß?«

Sonja fühlte sich ertappt und spürte, dass sie rot wurde. Sie schluckte. Kurz überlegte sie, ob sie Bianca eine Geschichte auftischen sollte, entschied sich dann aber dagegen. »Ich bin mit Hassan verabredet«, gab sie leise zu.

Die Kollegin brauchte nur einen Atemzug, um zu begreifen: »Ich hatte bei der ersten Einladung von ihm den Eindruck, er wolle eine andere Frau vergessen. Warst du diese Frau?«

»*Vergessen* ist vielleicht nicht ganz das, was er wollte.«

Es dauerte einen Moment, dann stieß Bianca hervor: »Und mit dem Mistkerl willst du dich treffen?«

Sonja nickte nur. Es war eine absolut bescheuerte Idee, diese Einladung anzunehmen.

»Ich verstehe dich nicht.«

Das tat Sonja auch nicht und so setzte sie an: »Es ist ... kompliziert, aber nichts, was wir hier besprechen sollten.«

Bianca nickte zustimmend. »Da hast du allerdings recht.«

Nach der Arbeit war die Atmosphäre im Personalraum angespannt.

»Bianca, es tut mir leid.«

»Was? Dass du dir Hassan angelst? Dass du mir wesentliche Details verschwiegen hast?«

Sonja seufzte. »Als wir uns über Hassan unterhalten haben, war ich sicher, dass ich nie wieder etwas mit ihm zu tun haben wollte. Ich hatte ihm eine Absage erteilt, weil ich keine Beziehung mit meinem Chef wollte.« Sie schnaubte leise. »Das mit dem Mistkerl habe ich ihm übrigens selbst ins Gesicht gesagt, das muss kurz vor eurer Trennung gewesen sein.« Jetzt suchte Sonja den Blick der Kollegin. »Diesen Überfall mitzuerleben, hat alles verändert. Ich bin mir keineswegs sicher, dass die Zusage für das Wochenende eine gute Idee war.« Die weiteren Beweggründe gingen Bianca nichts an, verbanden sich ohnehin zu einem diffusen Druck, der ihr das Atmen schwer machte.

Jetzt atmete Bianca geräuschvoll aus. »Es fühlt sich einfach furchtbar an.« Sie versuchte zu lächeln, was aber misslang.

»Hast du Lust, noch etwas trinken zu gehen?« Sonja war um ein gutes Auskommen mit der Kollegin besorgt.

Diese schüttelte den Kopf. »Ich habe heute schon was anderes vor. Wirklich. Aber das holen wir nach und du berichtest mir alles.«

Nachdenklich schaute Sonja ihr hinterher, als sie den Raum verließ. Würde es etwas zu erzählen geben? Ihr war an einer guten Beziehung zu Bianca gelegen, einer guten kollegialen Beziehung oder doch an Freundschaft? Im Gedanken an diese weitere Baustelle nahm Sonja ihren Rucksack und machte sich auf den Heimweg.

»Marie? Hast du Zeit?«

Kaum im Wohnheim angelangt, hatte Sonja die Nummer der Freundin gewählt.

»Klar habe ich Zeit, für dich immer.«

Sonja brachte Marie auf den neusten Stand, vom Anruf der Anwältin über die Einladung und dass sie zwar zugesagt hatte, aber hin- und hergerissen war.

»Und jetzt soll ich dir raten, was du tun sollst? Oder soll ich dir Absolution erteilen?«

»Du bist nicht mein Beichtvater«, brummelte Sonja.

»Stimmt, schwarz und Stehkragen steht mir nicht. Aber ernsthaft, was kann ich für dich tun?«

»Mache ich gerade den zweiten Riesenfehler in meinem Leben?«

»Nach Nick meinst du.«

»Mhmh.«

Sonja hörte die Freundin geräuschvoll ausatmen.

»Das kommt darauf an, was du dir von dem Wochenende erwartest.«

»Vor allem möchte ich hier mal rauskommen.«

»Meine Einladung steht schon, seit du nach Aachen gezogen bist und gekommen bist du nicht ein Mal.«

»Ich will dir nicht noch mehr auf der Tasche liegen.«

»Bei Hassan stört dich das nicht.«

»Du hast so viel für mich getan und er kann es sich, glaube ich, eher leisten.«

Sonja horchte in sich hinein. Ja, es fühlte sich gut an. Sie würde das Wochenende in der Eifel sein, frische Luft und Natur um sich haben, und sie würde die Zeit als das ansehen, was es war, nämlich Hassans Ausdruck seiner Dankbarkeit. Mehr nicht.

»Er schuldet mir was«, schloss sie das Thema für sich selbst ab.

Nachdenklich hielt Sonja nach dem Gespräch ihr Handy in der Hand. Ja, es war richtig, dem Sehnen, einmal aus dem winzigen Zimmer herauszukommen, nachzugeben. War es immer schon so klein gewesen? Natürlich. Mit einem Schnauben schüttelte sie den Kopf. Der Raum war nicht geschrumpft.

Um sich abzulenken, plante sie, was sie einpacken würde und was noch vorzubereiten war.

Schon früh am Freitag war die Tasche gepackt und Sonja machte sich daran, ihr Zimmer zu putzen. Sie liebte es, in einen ordentlichen Raum zurückzukommen, also stopfte sie noch ihre Bettwäsche in die Waschmaschine im Gemeinschaftskeller. Gegen Mittag war alles erledigt und die Nervosität steigerte sich.

Als das Smartphone summte, entdeckte sie ein *Viel Glück!*, und diverse Emojis auf dem Display, Absender Marie. Glück? Wobei? Sonja schickte ein Bild mit

ausgestreckter Zunge zurück und bekam postwendend
ein breit grinsendes Gesicht angezeigt.

Kopfschüttelnd steckte sie das Handy in ihren Rucksack, das Ladekabel gleich dazu, als die Türglocke
schellte.

Augenblicklich wurde ihr heiß und sie bekam feuchte
Hände. Mit einem tiefen Atemzug zwang sie ihre Unruhe zurück und nahm ihre Reisetasche, die seit dem
Morgen bereitstand. Nach einem letzten Kontrollblick
verließ sie das Zimmer und machte sich auf den Weg
nach unten.

Als sie die Haustür öffnete, stand sie einem strahlen-
den Hassan gegenüber. Als er auf sie zukam, um sie zu
begrüßen, hielt sie unbewusst ihre Tasche vor sich und
er wurde langsamer.

»Hallo, Sonja!«

Bevor es peinlich werden konnte, deutete er auf ihre
Hand. »Darf ich?«

»Natürlich«, sie reichte ihm die Tasche und folgte ihm
langsam zu seinem Wagen.

Ehe sie einstieg, ließ Sonja ihren Blick über den dunklen SUV gleiten. Hassan hatte ihr Gepäck im Kofferraum verstaut und schwang sich auf den Fahrersitz.
Nach einem kurzen Seitenblick startete er den Motor
und fädelte sich dann in den Verkehr ein.

Sonja musterte kurz die Innenausstattung und
rutschte auf dem Ledersitz in eine bequemere Position.
War die Entscheidung richtig gewesen? War es gut,
dass sie hier saß, auf dem Weg in ein gemeinsames Wochenende? Sie hatte das Haus bei Google gefunden. Es
lag weit abseits des nächsten Dorfes. Immer wieder

drehten sich ihre Gedanken im Kreis, während die Häuserzeilen der Stadt an ihnen vorbeizogen.

»Hast du was?«

Hassans Frage riss sie aus ihren Grübeleien.

»Ich fragte mich nur gerade, ob die Idee wirklich gut ist.«

Überrascht wandte er ihr den Kopf zu.

»Wenn du es dir anders überlegt hast, drehe ich um und bringe dich nach Hause.«

Er meinte es ernst, so wie er sie ansah. Seine Stimme, seine Augen ... Er würde sie zurück ins Wohnheim fahren, obwohl sie Aachen inzwischen hinter sich gelassen hatten. Die Aussicht, allein in ihrem winzigen Zimmer zu hocken gab den letzten Ausschlag.

»Nein. Wir ziehen das durch. Ich freue mich, mal aus der Stadt herauszukommen.«

Hassan nickte mit nachdenklichem Blick.

Die weitere Fahrt verlief schweigend.

Nach zunächst breiten Bundesstraßen wurden die Wege immer schmaler. Zwischen Wiesen und Weiden ging es entlang hoher Hecken durch die hügelige Landschaft. Schließlich bog Hassan in einen Waldweg mit dem Hinweis »Privat« ein. Es dauerte noch einige Minuten, bis er den Wagen vor einem flachen Haus zum Stehen brachte.

»Da wär'n wir.«

Der weiße Putz stand in scharfem Kontrast zu den schwarzen Ziegeln. Neben dem Auto bemerkte Sonja Blumenbeete, die ursprünglich ansprechend angelegt, nun aber vollkommen verwildert waren.

Der Löwenzahn blühte zwischen den Rosen, ebenso wuchsen Brennnesseln und Disteln üppig.

Das Geräusch der Autotür riss sie aus ihren Betrachtungen. Hassan hatte bereits das Gepäck geschultert und deutete nun auf die Eingangstür.

»Ich gehe dann mal vor.«

Seine Schritte knirschten auf dem weißen Kies, bis er die Treppenstufe vor der Haustür hinaufstieg. Sonja beeilte sich, ihm zu folgen. Sie erreichte ihn, als er vor der offenen Tür stehend die Funkfernbedienung auf seinen SUV richtete.

»Dein Zimmer ist gleich hier«, er bog nach nur zwei Schritten nach links ab und betrat einen großzügigen Raum mit Doppelbett. »Dein Bad ist hinter der Tür gegenüber.« Er stellte ihre Tasche ab und schien einen Moment zu überlegen. »Wenn du magst, würde ich dir gern etwas zeigen. Richte dich ein und schau dich um. Ich bin auf der Terrasse.« Fragend schaute er sie an und Sonja nickte.

Nachdem sie sich frischgemacht hatte, betrat sie das großzügige Wohnzimmer und sah Hassan draußen stehen, mit dem Rücken zur Glasfront. Sonja nutzte die Chance und sah sich im Haus um. Vor einem offenen Herdfeuer stand eine einladende Sofalandschaft, die sie auf dem Weg auf die Terrasse passierte. Auf der anderen Seite sah sie einen Esstisch und eine moderne Küche, die vermuten ließ, dass jemand Freude am Kochen hatte.

Als sie durch die Tür trat, wandte sich Hassan lächelnd um. »Ich möchte dir etwas zeigen.«

Nachdem sie Zustimmung signalisiert hatte, ging er voraus, zwei Stufen vom Holzdeck hinunter auf den Waldboden und folgte einem Weg, der am Haus vorbei zwischen die Bäume abbog. Nach wenigen Minuten erreichten sie einen See, dessen Wasser schwarzbraun vor ihnen lag.

Das Sonnenlicht glitzerte auf der glatten Wasseroberfläche und Bäume und Büsche direkt am Ufer stehend spiegelten sich darin.

Augenblicklich war Sonja von der Ruhe dieses Platzes wie verzaubert. Es war absolut still. Kein Auto war zu hören, nichts. Sie blickte auf das Wasser und atmete tief durch. Die Farben, die Sonne und die Stille ließen Sonja ruhig werden.

»Gefällt es dir?« Hassans leise Frage holte sie in die Wirklichkeit zurück.

»Es ist wunderschön hier.« Ohne sich dessen bewusst zu sein, flüsterte Sonja beeindruckt vom Zauber des Sees. Im Augenwinkel sah sie Hassan lächeln.

»Wir könnten hier essen.«

Als sie sich umsah, entdeckte sie zwei hölzerne Liegestühle und einen kleinen Tisch hinter sich.

»Gern. Soll ich dir helfen?«

Hassan schüttelte den Kopf. »Ich hatte an eine Kleinigkeit gedacht: Wein, Brot und Käse. Setz dich doch. Ich bin gleich wieder da.«

Statt sich zu setzen, trat Sonja an das hölzerne Geländer heran und verlor sich wieder in der Aussicht und, nachdem seine Schritte verklungen waren, der Stille dieses Ortes.

Gedanken kamen und gingen, nichts war wichtig und so verstrich die Zeit, bis sie wieder Schritte hinter sich hörte. Nur ungern riss sie sich vom Anblick des Wassers los und trat an die Sitzgruppe heran, wo Hassan gerade einen Brotkorb neben eine Käseplatte stellte. Gläser und eine Flasche Rotwein hatte er schon platziert und zum Schluss entzündete er eine Kerze. Die Flamme brannte ruhig, kein Lufthauch ging.

»Bedien dich.«

Sonja machte es sich auf dem Liegestuhl bequem und als der erste Hunger gestillt war, folgte sie seinem Beispiel und legte die Füße hoch. So saßen beide in Richtung des Sees schauend und genossen ihren Wein.

Erst nach einer Weile wurde ihr bewusst, dass sie kaum gesprochen hatten, seit sie in Aachen losgefahren waren. Ein kurzer Blick auf ihn zeigte, dass er vollkommen entspannt auf das Wasser schaute. Das Schweigen fühlte sich richtig an. Die Stille am See war so wohltuend, dass sie nicht das geringste Bedürfnis spürte, ein Gespräch zu beginnen.

Inzwischen war die Sonne hinter den Bäumen verschwunden und der Himmel leuchtete in den Farben des Sonnenuntergangs auf. Ab und zu war zu hören, wie ein Fisch nach einem Insekt schnappte, das sich zu nah an die Wasseroberfläche herangewagt hatte. Das sanfte Plätschern war neben dem leiser werdenden Gesang der Vögel das Einzige, was zu hören war.

Die Farbe des Himmels ging von nachtblau in schwarz über, durchbrochen von einer Unzahl von Sternen. Weder in Köln noch in Aachen hatte Sonja jemals so viele Sterne gesehen.

Zwischen Sonja und Hassan leuchtete die Kerze still und warm, und sie nahm dankbar den Geruch von Citronella wahr, der lästige Insekten fernhielt. Zwar hörte sie hin und wieder ein leises Summen, wurde aber nicht belästigt. Fledermäuse sausten schon seit einiger Zeit lautlos über das Wasser und ihre Köpfe hinweg.

Plötzlich musste sie herzhaft gähnen.

Mit einem Schmunzeln in der Stimme bemerkte Hassan: »Vielleicht sollten wir schlafen gehen.«

Bevor sie sich weitere Gedanken machen konnte, begann er die inzwischen leeren Schalen und Teller auf das Tablett zu stellen. »Es ist übrigens herrlich, morgens hier zu schwimmen.«

»Das kann ich mir vorstellen. Es ist Moorwasser, nicht wahr?«

»Ja.«

»Schade, dass ich das nicht vorher gewusst habe. Ich habe keine Schwimmsachen dabei.«

»Ich auch nicht. Der See ist ebenso Privateigentum wie der angrenzende Wald. Niemand kann sehen, wer hier schwimmt.« Hassan schaute sie an: »Überleg's dir.«

Erst als sie schon im Bett lag, dachte sie über das Angebot nach, nackt in den See zu springen. Wäre das unverfänglich genug? Andererseits hatte er ausdrücklich darauf hingewiesen, morgens schwimmen zu gehen. Wenn er irgendwelche anderen Absichten gehabt hätte, wäre die vorgeschlagene Tageszeit sicher eine andere gewesen, dachte sie, während sie einschlief.

Am nächsten Morgen wurde sie von leisen Schritten vor ihrem Fenster geweckt, und spontan beschloss sie, doch schwimmen zu gehen.

Im Schrank hatte sie einen Bademantel gefunden, den sie nun überstreifte, bevor sie sich mit einem Handtuch ausgestattet zum See aufmachte.

Wieder empfing sie die ruhige Atmosphäre vom Abend zuvor. Hassan schwamm mit kraftvollen Zügen von ihr weg zum gegenüberliegenden Ufer des Sees.

Sonja legte Bademantel und Handtuch auf das Geländer und setzte sich auf den Rand des Steges. Mit den Füßen tastete sie Leitersprossen, die sie nun hinunterstieg.

Das Wasser war kühl, aber nicht unangenehm, und sie stieß sich vom Holz ab. Ein leises Gurgeln begleitete ihre Schwimmzüge und das Moorwasser schmiegte sich weich um ihren Körper.

Auf der halben Strecke zum andern Ufer kam ihr Hassan entgegen.

»Möchtest du Kaffee oder Tee zum Frühstück?«, fragte er, kurz innehaltend.

»Kaffee, wenn du hast, mit Milch.«

»Reicht dir eine halbe Stunde?«

»Ich denke ja.«

»Dann bis gleich«, beendete Hassan das Gespräch und kraulte zum Steg.

Auch Sonja schwamm weiter, drehte aber nach ein paar Zügen um und sah, wie Hassan aus dem Wasser stieg. Ohne sie zu beachten, griff er nach seinem Handtuch, das neben ihrem hing, und trocknete sich ab. Sonja genoss den Anblick seiner spielenden Muskeln unter der dunklen Haut und wurde sich nochmals bewusst, wie ästhetisch sein Körper war.

Bevor er bemerken konnte, dass sie ihn beobachtet hatte, kraulte sie ein paar Züge quer zum Steg. Als sie das nächste Mal aufschaute, war er verschwunden.

Nach einer weiteren Querung des Sees schwamm sie mit Bedauern zum Steg zurück. Sie genoss das

Plätschern, das weiche Moorwasser auf ihrer Haut. Die Stille rundherum, die nur durch das vielstimmige Vogelgezwitscher durchbrochen wurde, ohne den leisesten Hinweis darauf, dass es außer ihr einen Menschen auf dieser Welt gäbe, berührte sie auf fast mystische Art und Weise.

Frisch geduscht betrat sie zum vereinbarten Zeitpunkt das Wohnzimmer, angelockt vom Duft des Kaffees und warmer Brötchen. Hassan hatte den Tisch gedeckt, der ein hervorragendes Frühstück versprach.

»Mhm, das duftet ja herrlich.« Sonja nahm Platz, während Hassan ihr eine große Schale Milchkaffee servierte. Er selbst stellte sich einen doppelten Espresso hin und setzte sich.

Auch während des Frühstücks sprachen sie wenig und genossen warme Croissants, Brötchen und ein herrliches Pflaumenmus.

»So etwas habe ich noch nie gegessen. Herrlich diese Zimtnote, dazu Schokolade.«

»… Kakao und Walnuss. Die Sorte habe ich vor einiger Zeit entdeckt, handgemacht und von hoher Qualität. Lecker.« Er biss in sein Croissant und seine Augen leuchteten begeistert zu ihr herüber.

Er mochte Zimt also nicht nur als Kopfnote in seinem Aftershave. Oder hatte die Intensität seines Blickes einen anderen Grund? Darüber wollte sie jedoch jetzt nicht nachdenken.

»Und, was hast du heute vor?«

»Wenn ich hier bin, nehme ich mir immer kleine Reparaturen vor. Heute wollte ich die Hinterwand der Garage streichen. Du könntest die Terrasse hier oder am See nutzen, die Füße hochlegen oder wandern.«

Sonja runzelte die Stirn. »Gäbe es auch was für mich zu tun, wenn ich dir schon hier auf der Tasche liege?«

»Du bist eingeladen. Da werde ich dich hier nicht zur Arbeit anhalten.«

»Also, was kann ich tun?«

Hassan schien zu überlegen. Dann seufzte er: »Wenn du darauf bestehst: Der Gärtner ist momentan krank. Das Beet vor dem Haus könnte eine ordnende Hand brauchen.«

»Gartenarbeit klingt gut.«

Nach dem Frühstück suchte Hassan ein paar Handschuhe heraus und zeigte ihr den Komposthaufen, der hinter einer Hecke an der Garage versteckt war.

»Eigentlich stehen nur Rosen im Beet. Alles andere kann weg.«

»Dein Gärtner ist schon länger krank?«

»Könnte man so sagen.« Etwas verlegen seufzte Hassan und ließ sie dann allein. Sie hörte ihn in der Garage hantieren, dann sah sie noch, wie er mit einer Leiter um das Gebäude herum verschwand.

In der Stille der Umgebung versinkend, rupfte Sonja Löwenzahn und Brennnesseln aus und warf die Pflanzen in einen Eimer. Auf dem Rückweg vom Kompost suchte sie in der Garage nach einer Hacke, um auch die Wurzeln der Unkräuter entfernen zu können, und wurde fündig.

Zufrieden schaute sie kurze Zeit später auf das erste Teilstück zurück, in dem die Heckenrosen zwischen der dunklen gelockerten Erde völlig neu zur Geltung kamen. Umhüllt vom Duft frischen Erde, der sich nun in den Rosenduft mischte, wandte sie sich dem nächsten Abschnitt zu.

»Wow, das sieht ja vollkommen anders aus.« Sonja schreckte hoch, als sie plötzlich hinter sich Hassans Stimme hörte. »Hast du Durst?« Er hielt ihr eine Flasche Fassbrause hin.

»Danke!«, Sonja trank ein paar Schlucke. Die Arbeit in der Sonne hatte sie tatsächlich durstig gemacht.

»Mit meinem Vorhaben bin ich fertig. Ich räume jetzt noch auf und dann würde ich kochen.«

Sie schaute das Beet an und bemerkte: »Den Rest mache ich jetzt noch fertig.«

»Wie du meinst.« Er prostete ihr zu und verschwand hinter dem Haus.

Sonja trank die Fassbrause aus und kümmerte sich um die verbleibenden Meter. Zufrieden schaute sie noch einmal auf ihr Werk, nachdem sie den Eimer ein letztes Mal ausgeleert hatte. Sie streckte ihren Rücken durch und räumte dann die Hacke und die leere Flasche in die Garage.

Wieder im Haus hörte sie das Rauschen einer Dusche und zog sich ins Gästezimmer zurück, um sich frischzumachen.

Ein orientalischer Duft, sie erkannte Kreuzkümmel und Zitrone, empfing sie, als sie den Wohnraum betrat. Hassan stand in der Küche, der Ofen summte, während er kleine Vorspeisen anrichtete.

»Kann ich helfen?«

»Du könntest den Tisch decken, wenn du magst.«

Sonja öffnete die Schränke neben dem Esstisch und fand ein edles weißes Porzellan. Gleich daneben gab es eine Auswahl an schlichten Gläsern aus Bleikristall, so dass sie ihn nach dem Wein fragte.

»Ich habe einen marokkanischen Syrah herausgesucht, aber ich habe auch verschiedene Rotweine da,
wenn dir etwas anderes lieber ist.«

Kurzentschlossen nahm sie für jeden zwei Gläser aus
dem Schrank, ein Wasserglas gesellte sich jeweils noch
zum Weinkelch.

Diesen Teil der Arbeit im Restaurant hatte sie früher
gemocht. Das feine Eindecken der Tische, die Anord-
nung von Besteck und Gläsern, dazu die Dekoration.
Ob sie eine Rose von draußen hereinholen sollte? *Nein,*
entschied sie sich, *die sollen im Beet weiterblühen und ihren Duft verströmen.* Außerdem wollte sie die Tafel nicht
zu romantisch gestalten, auch oder gerade, weil sie
spürte, dass sie einer Entscheidung näherkam, wie es
nun mit ihnen beiden weitergehen sollte. Doch diesen
Gedanken schob sie beiseite und stellte Kerzenleuchter
auf den Tisch. Die Kerzen würden ein warmes Licht geben, sie aber nicht blenden, da sie mittig auf der Tafel
standen. Der moderne Holztisch bot Platz für acht Per-
sonen und ließ sich sogar noch ausziehen. Zu zweit hatten sie also viel Raum.

Hassan stellte die Vorspeisen auf den Tisch, ließ seinen Blick kurz über das Arrangement wandern und
ging augenscheinlich zufrieden wieder in die Küche.

Nachdenklich blickte sie ihm nach. Kurzzeitig hatte
sie sich in ihre Ausbildung zurückversetzt gefühlt, als
er die Tischgestaltung gemustert hatte.

Ja, sie hatte gelernt, wie ein Tisch eingedeckt wird, er
vermutlich auch, oder hatte er gar keine Ausbildung im
Hotelfach? Wieder wurde ihr bewusst, dass sie wenig
von Hassan wusste. Vielleicht wäre heute der richtige
Abend, um das zu ändern. Noch einmal beurteilte sie

selbst den Tisch. Servietten fehlten noch und etwas Florales. Ob sie doch eine Rose holen sollte? In diesem Moment begann es draußen zu rauschen. Dicke Regentropfen klatschten gegen die Scheiben der Terrassentür und beendeten damit die Überlegung, das Haus zu verlassen.

»Mhm«, kommentierte Sonja den ersten Bissen.

Zu frisch gebackenem Fladenbrot gab es Oliven und Hummus, und die Gartenarbeit hatte sie hungrig gemacht.

Zum Hauptgang stellte Hassan eine kegelförmige Tonform auf den Tisch. Als er den Deckel abnahm, stieg eine Dampfwolke auf. Der Duft von Zitrone und Kreuzkümmel verstärkte sich und mischte sich mit anderen, die Sonja nicht zuordnen konnte, zu einem exotischen Potpourri. Behutsam schöpfte Hassan aus der unteren Schale und füllte die Teller mit Fleischbällchen, Möhren und Kartoffeln. Dazwischen entdeckte sie Aprikosen und Zitronenscheiben, die mitgeschmort waren.

»Vorsicht. Gerichte aus der Tajine sind sehr heiß.« Er erklärte, dass die Tajine überall in Nordafrika zum Kochen verwendet wurde. Sonja hörte interessiert zu, sie hatte ein solches Kochgerät noch nie zuvor gesehen. Dann probierte sie vorsichtig. Anerkennend nickte sie Hassan zu, der sich offensichtlich freute. »Sehr fein abgestimmt, die Gewürze, die Süße und die Zitrone.«

Er deutete eine Verbeugung an und grinste breit. Schweigend aßen sie weiter, bis die Schale geleert war. Auch das Fladenbrot war restlos gegessen, und Hassan lehnte sich zurück. Er drehte nachdenklich das Weinglas in seiner Hand, während er sie betrachtete.

»Habe ich irgendetwas an mir? Habe ich gekleckert, ohne es zu merken?« Sonja hielt seinem Blick stand, und versuchte sich nicht anmerken zu lassen, dass er sie verunsicherte.

»Nein, mach dir keine Gedanken. Du siehst toll aus.« Er schien noch mehr sagen zu wollen, ließ es aber.

»Erzählst du mir von dir?«

»Was interessiert dich denn?«

»Mir ist klargeworden, dass ich kaum etwas über dich weiß. Wo kommst du her, was machst du gern? Hast du Familie?«

Er verzog den Mund zu einem Grinsen. »So viele Fragen.«

»Bisher habe ich immer nur von mir erzählt. Du weißt fast alles über mich und ich fast nichts über dich.«

Kurz schweifte sein Blick ab, dann nickte er langsam.

»Du hast recht. Ich bin tatsächlich im Vorteil, was das angeht.« Er straffte sich und stellte das Glas ab. »Woher ich stamme, nun, meine Großeltern leben in Paris. Mein Urgroßvater ist 1922 mit Frau und Kind aus Marokko nach Frankreich eingewandert. Damals gehörte Marokko als Kolonie zu Frankreich. Mein Großvater wuchs also in Frankreich auf und hat als Soldat im Zweiten Weltkrieg gekämpft. Währenddessen hatte es mein Urgroßvater zu bescheidenem Wohlstand gebracht.

Er war als Bauunternehmer tätig und nach dem Krieg ging es mit dem Wiederaufbau auch seinem Unternehmen sehr gut. Mein Vater wurde nach dem Krieg geboren. Sein älterer Bruder übernahm das Bauunternehmen und er selbst baute ein Hotel in Paris auf. Sein erstes Haus hatte gerade einmal zwanzig Betten.« Hassan trank einen Schluck Wein, bevor er fortfuhr: »Schon das zweite Haus war deutlich größer und dann bekam er die Chance, den Karlshof in Aachen zu kaufen. Vor zwei Jahren ist mein Vater gestorben. Mein Bruder hat die Hotels in Paris geerbt, ich das in Aachen, dessen Manager ich schon seit drei Jahren bin. Von dem geerbten Geld habe ich dann mein zweites Hotel gekauft. Ein ehemaliges Familienhotel in Köln.

Also habe ich Lubaid eingestellt und bin nach Köln, um den Laden wieder in Gang zu bringen. Ich habe Geschmack daran gefunden und das Experiment Hotelübernahme vor Kurzem ein drittes Mal gestartet. Deshalb pendle ich momentan zwischen Düsseldorf, Köln und Aachen.«

»Also spielst du in einer vollkommen anderen Liga, als ich.« Die Resignation in ihrer Stimme verschlug Sonja die Sprache.

Hassan schüttelte entschieden den Kopf. »Denkst du, ich sei mit einem goldenen Löffel im Mund geboren?« Als Sonja nichts erwiderte, ergänzte er: »Meine Familie hat immer hart gearbeitet und jeden Sou zweimal umgedreht. Als ich sagte, dass ich immer etwas hier am Haus renoviere, war das mein voller Ernst. Als Kind war ich mit meinem Großvater auf den Baustellen und später im Hotel meines Vaters. Ich investiere jeden Euro, den ich erwirtschafte.

Wenn du mit *Liga* allerdings meinst, dass ich mehr Schulden habe als du, dann hast du recht.« Hassan holte tief Luft. »Was ist so schlimm daran, dass mir der Karlshof gehört? Lubaid ist dein Chef, nicht ich.«

Schweigend schauten sie sich in die Augen. Auch jetzt war die Stille nicht bedrohlich, aber Sonja spürte, dass sie ihm eine Antwort schuldig war.

»Die Arbeit im Hotel ist mir sehr wichtig. Wenn das mit uns schiefgeht, muss ich mir wieder etwas anderes suchen. – Ich habe Angst.« Der letzte Satz war so leise, dass Hassan zunächst die Augenbrauen zusammenzog, sich dann aber entspannte.

»Ich bin nicht wie dein Ex.«

Sonja spürte ihre Augen brennen. Dieser ruhige Satz traf sie mitten ins Herz. War das der eigentliche Knackpunkt? Hatte sie schlicht Angst, sich nach Nick ernsthaft auf einen Mann einzulassen? Dann wären alle Gründe, die sie bisher gegen ihn ins Feld geführt hatte, vorgeschoben. Nein, sie war nicht glücklich darüber, dass ihm das Hotel gehörte, in dem sie so gern arbeitete. Das konnte doch nur Schwierigkeiten geben. Beides waren gewichtige Gründe, sich nicht auf ihn einzulassen. Das zumindest sagte ihr Kopf, der in dem Moment leiser wurde, als sie ihm in die Augen schaute. In seinem Blick lag Verständnis. Er bedrängte sie nicht, sondern wartete still auf ihre Reaktion.

Nach einer weiteren Weile, in der sie sich schweigend gegenübersaßen, durchbrach er den Bann, indem er die Teller abräumte.

Sie blieb am Tisch sitzen und versuchte, ihre Gefühle wieder unter Kontrolle zu bringen.

Nach zwei tiefen Atemzügen hörte sie die Kühlschranktür und Hassans Schritte, die sich näherten.

»Magst du noch Nachtisch?«

Er hatte zwei Schälchen in den Händen. Auf ihr Nicken servierte er ihr formvollendet das Dessert.

»Mousse au Chocolat nach einem Familienrezept.«

Sonja zwang sich, ihm ins Gesicht zu schauen, bevor sie sich der Mousse zuwandte. Mechanisch griff sie nach ihrem Löffel und probierte. In der Erwartung süßer Schokolade wurde sie überrascht. Zwischen süßer und bitterer Schokolade explodierten orientalische Aromen in ihrem Mund. Zimt und Koriander umschmeichelten ihre Zunge, hinzugesellte sich Schärfe. Sonja schmeckte Pfeffer und Chili verbunden mit der Fruchtigkeit von Orange.

»Wow! Wann hast du die gezaubert?«

Hassan zeigte sich hocherfreut über ihre Reaktion. »Die habe ich heute Morgen gemacht, während du schwimmen warst. Die Gewürze brauchen ein paar Stunden, um sich voll zu entwickeln.«

»Da ist irgendetwas drin, was ich nicht zuordnen kann.«

Hassan lachte: »Was hast du denn erkannt?«

Nach einem zweiten Löffel zählte Sonja auf: »Zimt, Koriander, Pfeffer und Chili. Dazu, ähm, Orangenschale?«

Er nickte anerkennend. »Was noch fehlt, ist Orangenwasser.«

»Mmmh!«, nach dem dritten Löffel lobte Sonja: »Auch die Konsistenz ... Großes Kino. Chapeau!« Sie deutete eine Verbeugung an.

Entspannt verspeisten beide ihre Mousse. Da es draußen immer noch schüttete, schlug er vor, ein Feuer im Kamin zu entzünden.

»Gern. Du kümmerst dich um das Feuer und ich räume ab?«

Hassan protestierte: »Du bist mein Gast.«

»Also schaue ich dir jetzt die nächste Dreiviertelstunde bei der Arbeit zu?« Das und ihr ironischer Ton schienen ihn zu überzeugen.

»Also gut, einverstanden. Magst du noch Wein trinken?«

Nach ihrem Nicken machte Hassan sich daran, kleine und dann größere Holzscheite im Kamin zu stapeln.

Sonja war kaum mit dem Befüllen des Geschirrspülers fertig, als ein munteres Feuer brannte. Hassan hatte unterdessen einen Rotwein dekantiert und stellte gerade zwei Gläser neben die Karaffe.

Noch stehend probierte Sonja den ersten Schluck Wein und überlegte, wie sie sich auf der Couchlandschaft positionieren wollte. Sie entschied, dass es überfällig war, auf das tiefe Sehnen in sich zu hören, und setzte sich unmittelbar neben Hassan, der es sich in einer Ecke bequem gemacht hatte.

»Darf ich?«

»Klar.« Aber dann schien er doch verdutzt, wie nah sie sich neben ihn setzte. Als sie sich an ihn lehnte, wandte er ein: »Wenn du deine Meinung zu uns geändert hast, hätte ich gern ein eindeutiges Signal von dir. Ich möchte dir nicht zu nahe treten oder irgendwas tun, was du nicht willst.«

Sonja schaute ihn über den Rand des Glases an. »Du willst ein eindeutiges Signal?«

Sie wehrte sich nicht länger gegen seine Anziehungskraft. Eigentlich war ihr immer klar gewesen, worauf dieses Wochenende hinauslaufen würde und das nahm sie nun aktiv in Angriff. Langsam stellte sie ihr Weinglas ab.

Bewusst schaute sie ihm in die Augen und dann auf seinen Mund. Als sie den Blick wieder hob, sah sie die Erwartung in seiner Miene. Er kam ihr jedoch nicht entgegen, so dass sie sich halb auf die Knie stützen musste, um ihn zu küssen. Seine Reaktion war verhalten, zwar spitzte er die Lippen, reagierte aber nicht weiter auf ihre Zunge, die sie sanft über seine Unterlippe gleiten ließ.

Nachdenklich hob sie den Kopf und schaute ihn an. Seine dunklen Augen glühten, aber er bewegte sich nicht.

»Noch deutlicher?«

Sein Nicken war nur eine winzige Bewegung, währenddessen er sie weiterhin fixierte.

Sonja überlegte: Er wollte, dass sie aktiv wurde. Nachdenklich ließ sie ihren Blick über seinen Hals und sein T-Shirt bis zu seiner Jeans gleiten. Mit einem Augenaufschlag schaute sie wieder in seine Augen, die im Feuerschein erwartungsvoll glänzten.

»Vertraust du mir?«

Ihre Frage, die gleiche, die er ihr in Frankfurt gestellt hatte, verhallte ohne sichtbare Reaktion. Erst nach einem langen und intensiven Blick antwortete er: »Ja.«

Sonja wusste, was sie tun würde, und ließ sich von der Couch gleiten. Hassan ließ sie nicht aus den Augen und das war ihr ganz recht. Mit einer kleinen Bewegung kniete sie nun vor ihm und legte ihre Hände auf seine Beine. Sie genoss es, dass seine Augen sich überrascht weiteten. Ahnte er, was sie vorhatte?

Auch er stellte nun sein Glas ab, und harrte dessen, was sie nun tun würde.

Sonja streichelte über seine Jeans. Beherzt öffnete sie seinen Hosenbund und zog daran. Hassan kam ihr zur Hilfe und stemmte sich einige Zentimeter in die Höhe, so dass sie ihm die Jeans ausziehen konnte. Wieder ließ sie ihre Hände über seine Beine streichen, dieses Mal direkt über seine Haut. Sie hockte nun zwischen seinen Knien und lehnte ihren Kopf an seinen Oberschenkel. Der Blickkontakt zwischen ihnen war keinen Moment abgerissen.

Während sie nun mit der Wange sanft über seine Haut strich, hatte sie direkt vor Augen, was ihre Liebkosungen bei ihm auslösten. Sie genoss seine Wärme und ließ ihre Hände höherwandern. Auch seine Shorts landeten neben seiner Jeans. Sonja gefiel der Anblick. Schon in Frankfurt hatte sich der Gedanke eingenistet, dass sie ihm die gleiche Aufmerksamkeit zukommen lassen wollte, wie er das bei ihr getan hatte und langsam näherte sie sich mit ihrem Kopf seinen Lenden.

»Warte, bitte.«

Sonja hob den Kopf.

»Was hältst du davon, wenn wir näher am Feuer …«

Sie bemerkte eine leichte Gänsehaut an der Innenseite seiner Schenkel.

»Ist dir kalt?«

»Ich möchte gern mehr von dir spüren.«

»Am Kamin, auf dem Bärenfell?«

»Das kann ich leider nicht bieten, aber eine kuschelige Plüschdecke.« Er lächelte verlegen.

Sonja rutschte zur Seite und blieb an die Couch gelehnt sitzen, während er aufstand und eine Kunstfelldecke auf dem Berberteppich vor dem Kamin ausbreitete. Sie ergriff seine ausgestreckte Hand und ließ sich von ihm hochziehen.

»Warum lässt du nicht zu, dass ich mich revanchiere?« Sie war tatsächlich enttäuscht, dass er sich ihr entzogen hatte.

»Ich möchte mehr von dir spüren«, er schien zu merken, dass ihr diese Erklärung nicht ausreichte. Deshalb seufzte er und fuhr fort: »Gerade musste ich an eine andere Situation denken, an die ich gerade nicht denken möchte. Es hat nichts mit dir zu tun.«

Sein Blick schien um Verzeihung zu bitten und Sonja ließ sich näher an ihn heranziehen.

»Darf ich?«, er zupfte an ihrem Shirt. Auf ihr Nicken zog er ihr das Kleidungsstück über den Kopf und sie schüttelte ihre Haare. Er beobachtete sie und ließ den Blick über ihren BH schweifen. »So gefällst du mir auch.«

Sonja fühlte sich zu einer Erklärung genötigt. »Ich habe das hier ja nicht geplant.« Sie deutete vage auf ihren schlichten eher sportlichen BH. »Glaubst du mir, dass ich sowas wie in Frankfurt noch nie gemacht habe?«

»So wie ich dich inzwischen kennengelernt habe, glaube ich dir – und fühle mich geehrt.« Sein Atem streifte ihren Hals, als er seinen Kopf zu ihr herunterneigte. Währenddessen öffneten seine Hände ihre Jeans. Bevor er sie ihr jedoch abstreifen konnte, griff Sonja in ihre Hosentasche und zog ein Kondom hervor.

»Du hast das hier also nicht geplant?«

»Aber auch nicht ausgeschlossen.« Sie schaute ihm fest in die Augen, die sie begeistert anstrahlten. Mit einer zielsicheren Bewegung streifte er ihr die Jeans ab und sie zog ihm bei dieser Gelegenheit sein Shirt über den Kopf.

Das Feuer warf einen warmen Schein auf seine makellose Haut und als sie ihre Hand auf seine Brust legte, fühlte sie die Wärme und seinen Herzschlag. Hassan fuhr den Rand ihres BHs mit dem Finger nach und legte ihr die Hand auf die Seite. Sanft zog er sie näher und küsste sie zurückhaltend. Aber Sonja wollte nun mehr. Sie vertiefte den Kuss und willig ließ er sich auf ihr Spiel ein.

»Dir ist es also ernst?«

Sonja bekam keinen Ton heraus. Sie nickte und fühlte sich hochgehoben. Hassan hatte sie kurzerhand umfangen und legte sie vorsichtig auf die Decke. Die Wärme des Feuers hatte das Fell vorgewärmt und sie versank in der Weichheit von Decke und Teppich. Er streckte sich neben ihr aus und streichelte ihre Haut.

Auch sie ließ ihre Hände über seinen Leib wandern, während ihr Mund wieder seinen suchte. Hassan drehte sich auf den Rücken und zog sie dabei auf sich. Erstaunt löste sich Sonja von ihm und schaute ihm in die Augen.

»Du wolltest mir doch zeigen, was du willst.«

»Ach, jetzt doch?«

»Ich vertraue dir.«

Sonja versank in seinen dunklen Augen. Im Feuerschein wirkten sie fast schwarz.

Nach einem intensiven Moment ließ sie sich an seinem Körper hinuntergleiten, spürte seine nackte und vom Feuer gewärmte Haut an Beinen und Bauch und setzte sich dann rittlings auf seine Beine. Sie genoss seinen Anblick. Seine Haut war dunkler als ihre eigene, herrlich glatt und warm. Die Muskeln darunter waren fest und zeichneten sich deutlich ab, als er die Arme hob, um ihre Knie zu umfassen. Von dort ließ er seine Hände höherwandern und richtete sich geschmeidig in den Sitz auf.

»Du hast noch viel zu viel an.« Trotz der Feststellung schaute er fragend, bevor er den Verschluss ihres BHs öffnete. Statt ihn abzustreifen, strichen seine Finger über ihre Wirbelsäule nach unten und blieben dann auf den Pobacken liegen.

Sonja legte eine Hand auf seine Seite, während sie mit der anderen langsam die Träger des BHs abstreifte. Sie genoss es, dass Hassan jeder ihrer Bewegungen folgte. Sanft drückte sie ihn wieder zu Boden und stand mit einer geschmeidigen Bewegung auf. Sie streifte ihren Slip ab und suchte gleichzeitig nach dem Kondom, das sie hatte fallenlassen, als er sie gepackt und hochgehoben hatte. Da lag es, direkt neben seinem Bein. Kurz stand sie breitbeinig über ihm, dann setzte sie sich wieder auf seine Beine. Vorsichtig öffnete sie die Verpackung, überlegte es sich dann jedoch anders. Ohne den Blickkontakt zu ihm zu unterbrechen, beugte sie sich vor und küsste ihn auf die Spitze seiner Erektion. Dass er scharf die Luft einzog, ließ ihr Inneres beben. Sanft strich sie mit den Lippen hinunter bis zu seiner Lende. Mit der Nase fuhr sie die Linie bis zu seinem Beckenknochen nach.

Seine Haut war warm und so weich und glatt. Gemächlich setzte sie Kuss um Kuss, während sie zu seiner Mitte zurückkehrte.

»Bitte.«

Sie schaute auf und sah, dass er seine Hände im Fell neben sich vergraben hatte. Seine Muskeln an Schultern und Armen traten deutlich hervor.

»Erlöse mich.« Seine heisere Stimme trieb ihre Temperatur augenblicklich in die Höhe. Seine Augen wirkten nun fast schwarz. Eigentlich wollte sie sich Zeit lassen, aber seine Erregung zu erleben, ließ sie ihre Pläne ändern. Zärtlich streifte sie ihm das Kondom über und hob sich auf die Knie. Sich mit beiden Händen auf seiner glatten Brust abstützend, senkte sie sich auf ihn und genoss das Gefühl, ihn langsam in sich aufzunehmen.

Mit einem Seufzen löste er seine Hände von der Decke und streichelte von ihren Knien aufwärts ihre Beine entlang.

Hassan rollte sich auf die Seite, so dass sie neben ihm lag. Langsam kamen sie wieder zu Atem und er strich ihr eine Haarsträhne aus dem Gesicht, bevor er sich vorbeugte, um sie zu küssen.

Scheinbar widerwillig löste er sich von ihr und angelte nach seinem Shirt. Da es außerhalb seiner Reichweite lag, stand er mit einem Seufzen auf.

Sonja schaute ihm auf dem Bauch liegend zu. Was hatte er vor?

Hassan ließ das Shirt wieder fallen und griff nach seiner Jeans. In einer Tasche schien er zu finden, was er suchte. Mit einem weiteren Kondom in der Hand kniete er sich neben sie.

Fragend legte er den Kopf schief und lächelte, als sie sich entspannt vor ihm räkelte.

»Deine Rückseite gefällt mir auch«, sagte er leise und bedeckte ihre Wirbelsäule mit einer Reihe kleiner

Küsse. Er verlagerte sein Gewicht und Sonja spürte ihn zwischen ihren Knien. »Sehr hübsch«, kommentierte er, während er über ihre Beine und ihren Po strich. Warm fühlte sie seine Hände auf ihrem Rücken und dann an ihren Seiten. Sie wollte, dass er auch ihre Brüste berühren konnte, und stemmte sich hoch. Stattdessen umfasste er aber ihr Becken und hielt sie fest.

»Könntest du dir vorstellen, dass wir so ...«, seine Stimme war heiser und sie spürte seine Härte hinter sich.

Statt zu antworten, drückte sie sich an ihn.

Aber seine Hände verschwanden und frustriert blickte sie über die Schulter auf ihn. Auf den Fersen sitzend, streifte er sich das Kondom über und nach dem kurzen Moment betrachtete er sie wieder. Sonja meinte, seine Blicke heiß auf der Haut spüren zu können, und drückte den Rücken durch. Als sie sich noch auf die Unterarme sinken ließ, hörte sie, dass er scharf einatmete. Sie war sich sicher, dass er jetzt nur noch einen Punkt ihres Körpers fixierte. Vorfreude durchpulste sie und erleichtert spürte sie seine Hände wieder auf ihrer Hüfte.

»Magst du es auch ... etwas härter?«

Ungeduldig bewegte sie sich auf ihn zu. Er aber hielt sie fest und auf Abstand.

»Was willst du?« Seine Stimme klang rau und angestrengt.

»Dich.«

Einen Atemzug passierte nichts, aber dann drang er mit einem einzigen Stoß tief in sie ein, dass ihr die Luft wegblieb. Sie hörte ihn hinter sich seufzend einatmen. Neckend bewegte sie ihr Becken und hielt erwartungsvoll die Luft an, als er sich halb aus ihr zurückzog. Sie konnte seinen nächsten Stoß kaum erwarten.

»Und?«

»Ja.« Sie erkannte ihre eigene Stimme kaum wieder, gepresst, atemlos und voll Ungeduld. Zunächst wurden nur seine Hände fordernder und sie genoss seinen festen Griff, der sie gleichzeitig daran hinderte, ihm näher zu kommen. Er zögerte den nächsten Stoß hinaus, bis die Spannung unerträglich zu werden schien. Beim Eindringen schrie Sonja auf.

Erlöst, dass das Warten vorbei war, katapultierte seine Härte sie nah an einen Orgasmus. Stoß um Stoß hielt er sie im Griff und sie stemmte sich gegen ihn, umklammerte ihn. Langsam nur steigerte sich ihre Erregung auf dem hohen Level und sie spürte, wie ihr der Schweiß ausbrach. Trotz des Feuers fühlte sich sein Atem auf ihrem Rücken kühl an und bescherte ihr eine Gänsehaut. Ohne seine Bewegungen zu unterbrechen, umfasste er ihre Taille und zog sie zu sich nach oben. Endlich berührte er auch ihre Brust und sie hob ihre Arme, um in seine Haare zu greifen. Erneut schrie sie auf. Hassan hatte ihre Taille freigegeben und stimulierte sie zusätzlich mit der Hand. Sie wusste nicht, ob sie sich ihm weiter entgegenstemmen oder seiner Hand entgegenkommen wollte und spannte ihre gesamten Muskeln an.

Hassan gab einen zufriedenen Laut von sich und verstärkte seine Bemühungen, bis sie nicht mehr an sich halten konnte und zitternd in seinen Armen kam. Er verlangsamte seine Bewegungen und ließ sie beide vornübersinken, bis Sonja auf dem Bauch lag. Mit einem letzten heftigen Stoß kam auch er mit einem Stöhnen und kurze Zeit später fühlte sie seine Hand zwischen ihnen und er zog sich zurück.

Dieses Mal dauerte es länger, bis sie wieder zu Atem kamen. Hassan lag noch immer halb auf ihr und betrachtete ihr Gesicht.

Erst nach einer Weile konnte sie seinen Blick erwidern.

»Was hältst du davon, wenn wir ins Bett gehen?«

»Ich bin mir nicht sicher, ob ich noch laufen kann.« Sonjas Beinmuskeln zitterten noch nach der ungewohnten Anstrengung.

Hassan lachte leise. »Oh, *ma coeur!* Du hast eine wundervolle Art, Komplimente zu machen.«

Sonja runzelte die Stirn. »Was für Komplimente?«

Hassan streichelte über ihr Gesicht und ihre Schulter. »Da wäre zum einen dieser kleine unmutige Laut, den du von dir gibst, wenn ich mich aus dir zurückziehe.«

»Ich gebe keine Laute von mir.« Sonja spürte ihre Wangen brennen.

»Oh doch, das tust du. Jedes Mal.« Er küsste sie.

»Und zum anderen?« Sie versuchte abzulenken.

»Zum anderen bilde ich mir etwas darauf ein, der Grund zu sein, dass du nicht mehr laufen kannst.«

Jetzt musste auch Sonja lachen, noch mehr, als er ihren Rücken küsste und sie dabei kitzelte.

»Ich kann dich auch gerne tragen, es sei denn, du möchtest hier am Feuer einschlafen und morgen früh frieren.«

»Nein, das möchte ich nicht. Aber tragen musst du mich nicht.«

Hassan stand auf und reichte ihr die Hand, um sie hochzuziehen. Eng umschlungen gingen sie in Richtung seines Zimmers und ihre Beine trugen sie, wenn auch wackelig.

»Ich müsste mal.«

»Du kannst mein Bad nehmen«, er zeigte auf eine Tür neben seinem Schlafzimmer.

Kurze Zeit später ließ sich Sonja mit einem Aufseufzen auf die Toilette sinken. Ihr ganzer Körper summte und um sich abzulenken, musterte sie das Bad. Modern war es, weiße Fliesen wechselten sich mit Natursteinen ab. Ob sie noch einmal?

»Da bist du ja.«

Täuschte sie sich oder hatte seine Stimme erleichtert geklungen. Er stand neben dem aufgedeckten Bett, abwartend und rührte sich nicht.

Sonja ging entschlossen zu ihm und umfasst sein Gesicht. Bisher hatte sie sich zu wenig geküsst, fand sie, auch wenn sie keinen Moment der letzten Stunde hätte missen wollen. Ihrem ersten Kuss folgten weitere und gemeinsam ließen sie sich auf das Bett sinken.

Sonja schlug am nächsten Morgen die Augen auf und sah Hassans Blick auf sich gerichtet.

»Schön, dass du da bist.«

»Wo sollte ich sonst sein?« Noch nicht ganz wach, dämmerte ihr erst nach ihrer Gegenfrage, was er meinte. »Meinst du, ich laufe zu Fuß nach Aachen?«

»Du hättest auch in dein Bett gehen können.«

»Warum hätte ich das tun sollen?«, sie musterte sein Gesicht und fand, dass er verletzt aussah.

»Warum hast du es in Frankfurt getan? Warum bist du einfach gegangen?«

»Das hatte nichts mit dir zu tun.«

Seine Augenbraue zuckte und sie fühlte sich zu einer Erklärung genötigt: »Die Nacht in Frankfurt war etwas ganz Besonderes. Glaubst du mir, dass ich noch nie zuvor … Ich meine, ich hatte noch nie einen One-Night-Stand.« Sie räusperte sich.

»Bereust du es?«

»Die Nacht mit dir? Nein, weder die in Frankfurt noch die vergangene Nacht.« Sie legte ihre Hand auf seine und drückte sie. »Nur war ich in Frankfurt noch so durcheinander. Der Scheidungstermin stand kurz bevor, ich stand förmlich vor dem Nichts. Ich wollte dich nicht mit hineinziehen.«

»Ich war dir nicht mal ein Lebewohl wert?«

»Ich hätte mich nicht von dir verabschieden können. Ich hätte nicht die Kraft gehabt, zu gehen.«

Hassan runzelte die Stirn, doch dann sah sie, dass er verstand.

»Du wärst nicht gegangen?«

»Am liebsten wäre ich wieder zu dir ins Bett gekommen und hätte dich gestreichelt, da weitergemacht, wo wir aufgehört hatten.«

Atemlos wartete sie, wie er reagieren würde.

»Das wäre perfekt gewesen.«

»Es ging nicht.«

Vorsichtig löste er seine Hand von ihrer und strich ihr über die Lippen.

»Es tut mir leid.«

»Ist es denn jetzt anders?«

»Ja. Sonst wäre ich überhaupt nicht hier.« Sie küsste seine Finger und ließ sich von ihm umfassen und näher ziehen. Ihre Lippen trafen aufeinander, sanft und weich. Als sie die Augen wieder öffnete, war sein Blick weicher geworden. Sie gab ihm noch einen Kuss.

»Es hat sich eine Menge geändert in meinem Leben.« Dass er der Anstoß vieler der Veränderungen war, konnte sie ihm jedoch nicht sagen. In seinem Bett zu liegen, ihn zu spüren, fühlte sich gut an. Trotzdem waren nicht alle Zweifel ausgeräumt.

»Frühstück?«

Sonja nickte, froh darüber, dass er nicht weiter nachbohrte.

»Wir könnten vorher noch gemeinsam duschen.«

Seine Hand löste sich von ihrem Nacken und strich ihren Arm entlang, was ihr eine Gänsehaut bescherte. Sein Angebot klang verlockend und die Regendusche, die sie gestern Abend gesehen hatte, bot ausreichend Platz für zwei.

Nach dem Frühstück ging Sonja in das Gästezimmer, um ihre Sachen zu packen. Der Anblick des unbenutzten Bettes ließ sie lächelnd innehalten. Es war ein gutes Gefühl, hier zu sein, und auch der Gedanke an den Mann, der in der Küche nebenan rumorte, fühlte sich gut an.

Auf dem Nachttisch blinkte ihr Smartphone, Marie hatte geschrieben: *Muss ich mir Sorgen machen oder ist dein Schweigen ein gutes Zeichen?*

Sonja tippte: *Ein sehr gutes Zeichen*, und setzte einen Smiley hinzu.

Prompt kam eine Antwort: *Magst du telefonieren?*

So zurückhaltend kannte Sonja ihre Freundin gar nicht. Kurzerhand rief sie an.

»Guten Morgen, Marie!«, sang sie ins Smartphone.

»So wie du klingst, ist es ein guter Morgen. Alles gut bei dir?«

Sonja überlegte einen Moment und antwortete: »Ja, alles bestens.«

Marie am anderen Ende schien zu überlegen. »Details erfahre ich noch?«

Sonja lachte. »Vielleicht, später.«

Die Freundin stimmte erleichtert in ihr Lachen ein. »Dann seid ihr also jetzt zusammen?«

»Du stellst Fragen«, Sonja seufzte. »So weit sind wir noch nicht. Ich meine, hier ist alles gut, aber ich habe keine Ahnung, wie das in Aachen funktionieren soll.

Er kann mich nicht besuchen und uns im Hotel zu treffen, das bringe ich nicht.«

»Ihr könnt immer noch gemeinsam in die Eifel fahren, oder ...«, sie machte eine Pause.

»Oder?«

»Marcos Onkel hat eine kleine Wohnung, die er neu vermieten will.«

»Marcos Onkel?« Sonja setzte sich auf das Bett. »Was habe ich nicht mitbekommen?«

»Eigentlich nichts, na ja fast nichts. Marco hat mich hier in Köln besucht und irgendwann sprachen wir auch über dich und Hassan. Na ja, ein Wort ergab das andere und dann meinte er, du könntest seinen Onkel ja mal anrufen. Er hat die Wohnung noch nicht inseriert, und persönliche Empfehlungen sind ihm allemal lieber als Fremde.«

»Wann, sagtest du, habt ihr euch getroffen?« Am Wochenende konnte Marco sein Ristorante doch unmöglich allein lassen.

»Bist du neugierig! Er war am Mittwoch hier, aber ich wollte dich vor dem geplanten Wochenende nicht durcheinanderbringen.« Maries mütterlicher Tonfall trieb Sonja Tränen in die Augen.

»Hey, alles klar?«

»Mhmh.« Sonja schluckte. »Ja.«

»Ich schicke dir die Nummer, dann kannst du dich bei ihm melden. Und jetzt genieß die letzten Stunden mit deinem Schatz!«

Sonja bedankte sich und ließ das Smartphone sinken.

Später stand sie zur Abfahrt bereit neben seinem SUV, während er noch eine Kontrollrunde durch das Haus machte und seine Tasche holte.

Sie betrachtete das Haus und ließ den Rosenduft auf sich wirken, nahm noch einmal die Stille um sich herum wahr. Sie seufzte tief.

Hassan trat aus dem Haus, schloss die Tür ab und kam beobachtend zum Wagen.

»Was denkst du?«

»Schade, dass das Wochenende vorbei ist.«

Hassan packte die Taschen ins Auto, schloss die Heckklappe und kam dann zu ihr.

»Es muss ja nicht unser letztes Wochenende hier gewesen sein.« Er nahm ihre Hände in seine und streichelte mit dem Daumen ihren Handrücken. »Was bewegt dich wirklich?«

»Ich bin etwas nervös. Wenn wir jetzt wieder nach Aachen fahren, wird jeder sehen, dass ich meinen Vorsätzen untreu geworden bin.«

»Welchen Vorsätzen?«

»Mich nicht mit meinem Chef einzulassen«, sie blickte zu ihm auf. »Mein Leben erst wieder zu ordnen, bevor ich überhaupt über eine Beziehung nachdenke.«

»Du bist doch auf dem besten Wege. Du hast erzählt, dass deine Anwältin gute Nachrichten hatte, und bei der Wohnungssuche kann ich dir helfen.«

»Wer sagt denn, dass ich eine Wohnung suche?«

»Solange ich dich nicht besuchen kann und du nicht bei mir im Hotel schlafen möchtest, zumindest vermute ich das, wird es schwierig. Dich nur anzuschauen oder mit dir Essen zu gehen, reicht mir nicht.«

Sonja sah ihn mit großen Augen an.

»Wir haben hier eine wundervolle Zuflucht und ich will noch oft mit dir hierherkommen, aber ich will keine Wochenendbeziehung.

Sonja, ich habe das Gefühl, dass das mit uns beiden etwas ganz Großes ist. Ich möchte viel Zeit mit dir verbringen, vielleicht sogar mein Leben.« Er machte eine Pause und beobachtete ihre Reaktion.

War es das, was sie auch wollte? Leise klopfte die Angst wieder an, aber sie war viel kleiner geworden. Es fügte sich alles, sagte eine andere Stimme in ihr, dieses Mal musste es doch richtig sein, wenn alles so gut zusammenpasste.

»Und, was meinst du dazu? Willst du es mit mir versuchen?«

Er drückte ihre Hände und wieder war da die Verbindung. Sie hielt seinem fragenden Blick stand, aber erst ihr Nicken löste den Kloß im Hals, so dass sie antworten konnte: »Ja.«

Sonja löste ihre Hände von seinen und umfasste sein Gesicht. Bereitwillig ließ er sich zu ihr herunterziehen und erwiderte ihren Kuss. Er legte seine Arme um sie und so geborgen schien es ihr, als könne sie alles schaffen. Denn dieser Kuss war ein Versprechen.

***

Danksagung

Ich möchte meinem Mann danken, der mitträgt, dass ich neben Familie und Beruf noch Zeit für das Schreiben finde, der mir Feedback gibt und mir Mut zuspricht.

Wichtig geworden sind auch meine Autorenfreunde, die mir im regen Austausch immer wieder geholfen haben und mir durch ihre Rückmeldungen ermöglichen, mich weiterzuentwickeln. Zu diesem Netzwerk gehören Anke Dietrich, Kerstin Hornung, Cornelia Briend, Jutta Wölk, Elisabeth Marienhagen, Alegra Cassano, Mona Frick, Jana Zenker, Yvonne Bauer, Marlies Borghold, Uwe Griesmann und Claudia Rimkus.

Besonders möchte ich bei diesem Romanprojekt Regina Mengel anführen, die als eine der ersten die Geschichte von Sonja gelesen und kritisch hinterfragt hat. Auch in vielen anderen Belangen rund um das Schreiben hat sie stets ein offenes Ohr für mich.

Unterstützung fand ich bei meinen Freundinnen Doris Lehmenkühler, die immer auch einzelne Passagen kritisch hinterfragt hat, und Margot Weber, jener Journalistin, ohne deren Zuspruch es wohl bei meinem ersten kleinen Text geblieben wäre.

Nicht zuletzt möchte ich meiner Lektorin Daniela Höhne danken. Ohne die intensive Zusammenarbeit mit ihr wäre dieses Buch nicht zu dem geworden, das es ist.